少年探偵　12

海底の魔術師

江戸川乱歩

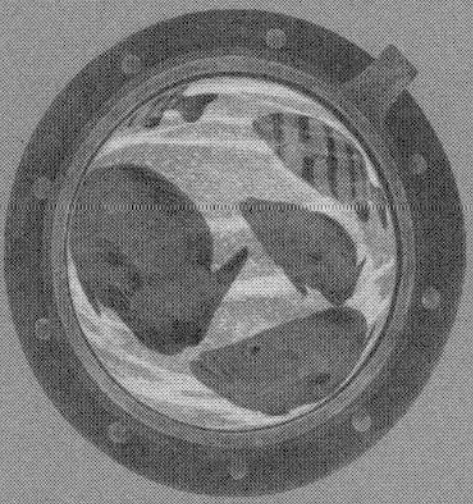

もくじ

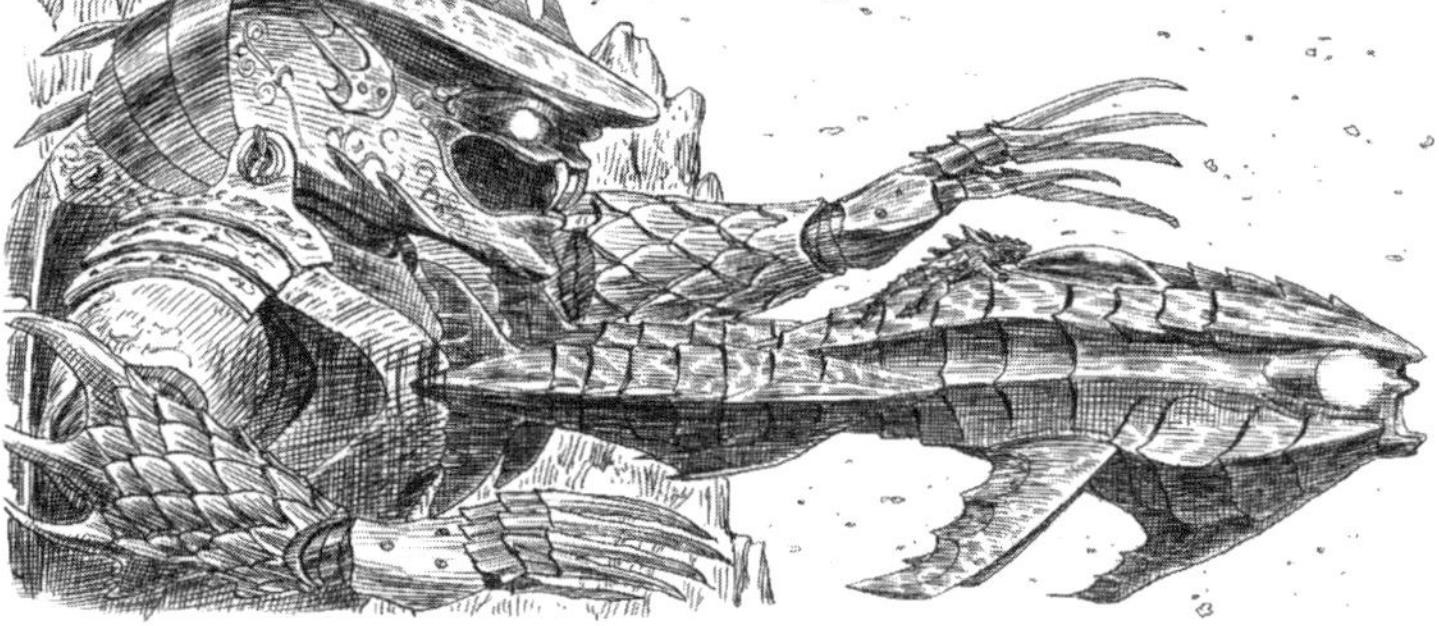

装丁・藤田新策
さし絵・佐藤道明

少年探偵

海底の魔術師

江戸川乱歩

沈没船《ちんぼつせん》の怪物《かいぶつ》

日東《にっとう》サルベージ*1会社《がいしゃ》の沈没船《ちんぼつせん》引きあげの仕事が、房総半島《ぼうそうはんとう》の東側《ひがしがわ》にある大戸村《おおとむら》の沖《おき》あいでおこなわれていました。

その海の底《そこ》に、東洋汽船会社《とうようきせんがいしゃ》の千五百トンの貨物船《かもつせん》「あしびき丸《まる》」が沈没しているのです。ひと月ほど前のあらしの晩《ばん》に、「あしびき丸」は航路《こうろ》をまちがえて、海の中の大きな岩にぶつかり、船の底がやぶれて、そこへ沈《しず》んだのです。

この沈没船の引きあげをたのまれたサルベージ会社の作業船《さぎょうせん》は、「あしびき丸」の沈んでいる海面《かいめん》に行って、どんなふうにして引きあげたらよいかをしらべるために、まず、ふたりの潜水夫《せんすいふ》を海の底へおろしました。

あついゴム製《せい》の服《ふく》を着《き》て、まるい鉄《てつ》のかぶとをかぶり、おもい鉛《なまり》のついた靴《くつ》をはいて、ふたりの潜水夫は、作業船の外側《そとがわ》についた鉄ばしごをつたいおり、ブクブクとあわをたてて、青い海の中へはいっていきました。空気を送《おく》るくだといのち綱《づな》*2が、グングンのびていきます。

そこは海の中の岩山のようなところで、大きな岩がもりあがっていて、底はあんがい浅《あさ》

*1 沈没船などの引きあげ作業
*2 落ちたり沈んだりする危険《きけん》から身を守るため、からだにしばりつけておく綱《つな》

いのです。水面《すいめん》から三十メートルぐらいで、もう海の底《そこ》へついてしまいます。

三十メートルもおりると、海の中は夕闇《ゆうやみ》のように暗《くら》いので、潜水夫《せんすいふ》は強い光の水中電灯《すいちゅうでんとう》をさげています。電線は、いのち綱《づな》にからませて作業船《さぎょうせん》の上につづいているのです。彼《かれ》らは、その電灯をふりてらしながら、コンブなどの海草が、人の背《せ》よりも高くはえしげって、ヒラヒラとゆれている中を、かきわけるようにしてすすみました。

むこうのほうに、どす黒い巨大《きょだい》な怪物《かいぶつ》のようなものが、ボンヤリ見えています。それが沈没船《ちんぼつせん》なのです。

ふたりの潜水夫は、鉄《てっ》かぶとのうしろから、送気管《そうきかん》といのち綱をゆらゆらとあとに引きながら、その黒い船体へ近づいていきました。鉄かぶとについている、まるいガラスののぞき窓《まど》のすぐ前を、いろいろなさかなが、すいすいと泳《およ》いでいきます。大きなサメなどが、ヌーッとあらわれて、鉄かぶとにぶつかってくることもあります。

ふたりは、やがて、沈没船にたどりついて、きずついた場所《ばしょ》をしらべはじめました。横《よこ》だおしになった黒い船体のそばを、とものほうからへさきにむかって、水中電灯をてらしながら歩いていくのです。沈没船は、海の底の大きな鉄の家のようでした。その長い長い鉄の壁《かべ》にそって歩いていくのです。

しばらく歩くと、先に立っていた潜水夫が、電灯を上下に動《うご》かしてあいずをしました。

きずついている場所《ばしょ》を見つけたのです。

船の底《そこ》の鉄板《てっぱん》が巨人《きょじん》の舌《した》のようにペロッとめくれて、人間がふたりも通れるほどの大きな穴《あな》があいていました。こんな穴から、水が滝《たき》のように流《なが》れこんでは、どうすることもできなかったでしょう。

ふたりの潜水夫《せんすいふ》は、そのやぶれ穴の大きさをはかるために、水中電灯《すいちゅうでんとう》を近づけました。すると、穴の中から、チラッとのぞいたものがあります。とっさに、大きなさかながいるのではないかとおもいましたが、さかなではありません。なんだか人間ににているのです。それも、ふつうの人間ではなくて、おそろしく大きな人間の顔《かお》のように感《かん》じられました。しかし、この沈没船《ちんぼっせん》には、人間の死体《したい》がのこっているはずはないのです。乗組員《のりくみいん》はぜんぶ、すくいだされていたからです。しかも、いまチラッとのぞいたのは、死体の顔ではありません。生きた人間、いや、人間ににた、へんなものでした。

潜水夫たちは、海の底で、いろいろなおそろしいものに出あっていますから、ちょっとぐらいのことにはおどろかないのですが、いまチラッとのぞいたやつは、なんだか、ひどくうす気味《きみ》のわるいものでした。さすがの潜水夫たちも、こわくなってきました。

ふたりは、そこに立ちすくんで、しばらく顔を見あわせていましたが、ひとりが水中電灯の光の前で右手をヒラヒラと動《うご》かしました。ことばのかわりの手まねなのです。潜水かぶとの中には、電話装置《でんわそうち》があって、作業船《さぎょうせん》の上の人たちと話ができますけれど、潜水夫《せんすいふ》どうしが電話で話しあうことはできません。おたがいの手に電線をしかけて、手をにぎりあえば、電話が通じるしかけもあるのですが、ふつうは、そういうしかけをしていないのです。

日本の潜水夫は、いまのような、すすんだ潜水服《せんすいふく》ができないむかしから、海の底《そこ》にもぐることがじょうずでしたから、水の中で手まねで話すことにもなれているのです。ちょうど口のきけない人が手まねで話をするように、潜水夫も手まねだけで、なんでも話すことができるのです。

「きみはこわいのか。」

ひとりの潜水夫の手まねは、そういっていました。そんなふうに聞かれると、意地《いじ》にも「こわい」などとはいえません。

「こわいもんか。中へはいってみよう。」

もうひとりの潜水夫が、手まねでこたえました。

「きみ、さきにはいれ。」

「いや、きみのほうが、穴《あな》に近いじゃないか。きみ、さきにはいれ。」

ふたりが、さきをゆずりあっているのは、じつはこわいからです。しかし、日本の海難《かいなん》救助員《きゅうじょいん》が勇敢《ゆうかん》なことは世界《せかい》じゅうに知られています。その日本潜水夫《せんすいふ》の名誉《めいよ》にかけてもこわいなどとはいえません。あやしいものを見て、逃《に》げだしたことがわかれば、なかまのもの笑《わら》いです。

「それじゃ、手をつないで、いっしょにはいろう。」

「うん、それがいい。」

ふたりは、手をつないで、船体のやぶれ穴《あな》の中へ、はいってみることになりました。

穴の中は、荷物《にもつ》を入れる大きな部屋《へや》のようでしたが、水中電灯《すいちゅうでんとう》の光は、それほど強くないので、部屋の中のむこうのほうはまっ暗《くら》で、なにがかくれているかわかりません。

ふたりは、穴のふちをまたいで、すべるように、ふわっと船の中にはいっていきました。そして、ひどくかたむいている船倉《せんそう》の床《ゆか》を、だんだんおくのほうへ歩いていくのでした。

箱《はこ》づめや、コモづつみの荷物が、ゴロゴロしています。かるい荷物は浮《う》きあがって、部屋の天井《てんじょう》にくっついています。また、フワフワと、目の前にただよっているものがあります。

そのあいだを、大きいのや小さいのや、いろいろのさかなが泳《およ》ぎまわっているのです。それが水中電灯のそばに近よると、うろこが、赤みがかった金色《きんいろ》や青みがかった銀色《ぎんいろ》に、キラキラと美しくひかるのです。

このふたりは、長いあいだ潜水夫《せんすいふ》をやっている人たちでしたから、こういう船倉《せんそう》の中にただよっている人間の死骸《しがい》も、数知れず見ていました。水ぶくれになった死体《したい》、もう骨《ほね》ばかりになった死体など、気味《きみ》のわるいものには、なれっこになっていたのです。ですから、さっきチラッとのぞいたやつが、人間の死体でないことは、よくわかっていました。むろんさかなでもありません。なんだか、えたいの知れないものでした。いまにも、むこうの荷物《にもつ》のかげから、さっきのやつが、ヌーッとあらわれるのではないかとおもうと、ものなれた勇敢《ゆうかん》な潜水夫《せんすいふ》たちも、気味がわるくて、背中《せなか》がぞくぞくしてきました。

しかし、その船倉《せんそう》の中には、べつにあやしいものも見えません。一方の壁《かべ》に、船倉からつぎの部屋《へや》へ行くドアが、ひらいたままになっています。そのむこうは、どうやら機関室《きかんしつ》らしいのです。

「ここへ、はいってみようか。」

「うん、よかろう。」

手まねで話しあって、ふたりはそのドアのむこうへ、ふみこんでいきました。

大きな蒸気機関《じょうききかん》が、よどんだ水の中に、しずまりかえっていました。機械《きかい》の死骸という感《かん》じです。機械でも動《うご》いているときは生きているのですから、それが死にたえたようにじっとしているのは、なんとなくぶきみなものです。

ふたりがそこへはいって、二、三歩あるいたときです。じつにふしぎなことがおこりました。死んでいる機械《きかい》の一部分が、ゴトゴト動《うご》きだしたのです。

ふたりは、ギョッとして立ちすくみました。沈没《ちんぼつ》して一か月もたった機械が動きだすはずがないからです。しかし、じっと見ていますと、機械の一部が、たしかに動いているではありませんか。

そのうちに、機械の一部が機関《きかん》をはなれて、スーッと、こちらへただよってくるように見えました。機械のおばけのようなものです。ふたりの潜水夫《せんすいふ》は、鉄《てつ》かぶとの中で、「ワーッ」とさけんで、逃《に》げだしました。両手で水をかきながら、死にものぐるいで、逃げだしました。

そのとき、ふたりははっきりと、ばけものの姿《すがた》を見たのです。それは、なんともいえない、おそろしいかっこうをしていました。

生きている機械でした。いや、機械のような生きものでした。そいつには頭があり、両《りょう》手《て》があり、それからワニのようなしっぽがありました。それがみんな、機械のように鉄でできているらしいのです。

黒い鉄の頭は、人間の倍《ばい》ほどもありました。ちょうど潜水服《せんすいふく》の鉄かぶとと、おなじぐらいの大きさです。その顔《かお》に、大きなくぼんだ目がふたつ、海底《かいてい》のうす闇《やみ》の中でも、ギラギラひかっていました。口は耳までさけていて、するどい牙《きば》がはえていました。その怪物《かいぶつ》は、ふとい鉄《てつ》の棒《ぼう》のような両手《りょうて》で、「こちらへおいで」というような手まねきをしていましたが、その鉄の指《ゆび》のさきには、ワシのようなするどいツメがはえていました。胴体《どうたい》もしっぽも鉄でできているらしく、背中《せなか》からしっぽにかけて、鳥のトサカのような、動物《どうぶつ》のタテガミのような、とんがったギザギザのものが、ずっとつづいていました。人間ともワニともつかず、しかもそのからだが鉄でできているという、なんともいえない、いやらしい怪物でした。

ふたりの潜水夫《せんすいふ》は、生きたここちもなく、船倉《せんそう》のやぶれ穴《あな》から外へ逃《に》げだすと、かぶとの中の電話で、

「たいへんだ。はやく引きあげてくれ！」

と、作業船《さぎょうせん》によびかけるのでした。

ふたりの潜水夫が作業船に引きあげられ、海底《かいてい》の怪物の話をしますと、それから大さわぎになって、あくる日は海上自衛隊《かいじょうじえいたい》まで出動《しゅつどう》して、海底の大捜索《だいそうさく》がはじめられたのですが、沈没船《ちんぼっせん》の中をいくらさがしても、怪物はふたたび姿《すがた》を見せませんでした。

そこで、おしまいには、ふたりの潜水夫が、海の底《そこ》でまぼろしを見たのだろう、ということになってしまいました。

潜水夫《せんすいふ》たちは、

「あれがまぼろしであってたまるものか。われわれは、そいつの姿《すがた》をはっきり見たのだ。ふたりがそろって、まぼろしを見るなんてことがあるもんか。」

と、いいはりましたが、だれも信用《しんよう》してくれません。

ふたりの潜水夫は、それでは、おれたちが、もう一度《ど》もぐってしらべてみるといって、沈没船《ちんぼつせん》の中をくまなくさがしたのですが、二度と怪物《かいぶつ》に出あうことはできませんでした。

鉄《てつ》の人魚《にんぎょ》

やはり、そのころ、潜水作業《せんすいさぎょう》のおこなわれていた近くの海岸《かいがん》にある大戸村《おおとむら》に、ふしぎなことがおこっていました。

大戸村は、漁師《りょうし》ばかりのすんでいるさびしい村でしたが、その村の漁師の子に、真田一郎《さなだいちろう》という少年がおりました。

おとうさんは、発動機《はつどうき》のついた漁船《ぎょせん》を持っていて、村いちばんの漁の名人でした。一郎君《くん》は近くの町の中学校の一年生で、ゆくすえは、おとうさんよりもりっぱな漁師になって、遠洋漁業《えんようぎょぎょう》をやりたい希望《きぼう》でした。そのために、専門《せんもん》の学校へ入れてもらう約束《やくそく》が、ちゃんとできているのです。

そういう少年ですから、海が、なによりもすきでした。泳《およ》ぎもじょうずで、四キロぐらいはへいきで泳げましたし、やすみには、おとうさんの船に乗《の》って、漁《りょう》のおてつだいに出るのが、いちばんのたのしみでした。船《ふね》にも乗れないし泳ぎもできないときには、学校から帰《かえ》ると、村はずれの高い岩山の上から、太平洋《たいへいよう》をながめるのが、日課《にっか》のようになっていました。

たったひとりで、岩山のてっぺんにこしをおろして、ひざの上にほおづえをついて、じっと、いつまでも、海をながめているのです。はるかむこうのアメリカ大陸《たいりく》まで、無限《むげん》にひろがっている広大《こうだい》な海、なんとのびのびとした、美しいけしきでしょう。おなじ海でも、その美しさは、時によって、びっくりするほど、ちがって見えるのです。まるでかがみのような静かななぎのとき、海一面があわだち、にえたぎるようなあらしのとき、朝日《あさひ》、夕《ゆう》日《ひ》にまっ赤にいろどられた海、満月《まんげつ》の光で銀色《ぎんいろ》にかがやく海、そのひとつひとつが、みんな、たましいもとろけるように、美しいのです。

その夕方《ゆうがた》も、一郎君は学校から帰ると、いそぎの宿題《しゅくだい》をすませてから、家をかけだして岩山の上にのぼり、そのてっぺんにこしをおろして、なつかしい巨大《きょだい》なおかあさんのような海に、じっと見いっていました。

しばらくすると、大空にたなびいている長い雲が黄色《きいろ》くなり、やがて、だんだん赤くなって、まるで色ガラスのようなまっ赤な色になり、それが広《ひろ》い海にまでそまって、見わたすかぎりの水が、えのぐをとかしたように、美しくかがやくのでした。ふりむくとたらいのように大きなまっ赤な太陽《たいよう》が、いま、うしろの山にかくれようとしているのです。

そのときでした。一郎君《いちろうくん》はふと、岩山の下の波《なみ》うちぎわを見おろしましたが、そこの岩の上に、なんだか黒いみょうなものが、うごめいているのを発見《はっけん》して、はっとして目をこらしました。

二十メートルも下の海岸《かいがん》ですから、こまかいことはわかりませんが、いままで、一度《ど》も見たことのないふしぎなものが、そこの岩の上にうずくまっているのです。

「あっ、黒い人魚《にんぎょ》だ！」

一郎君は、おもわず声をたてました。そのものは、さかなのしっぽの上に人間のからだがついているような形《かたち》をしていました。からだはまっ黒で、ゴツゴツしていますけれど、その形は、なにかの絵で見た人魚とよくにていました。

絵の人魚はウロコのあるさかなのしっぽの上に、美しいはだかの女の人が、長い黒髪《くろかみ》をうしろにたらしているのですが、いま目の下にいる人魚はまっ黒で、なんだか鉄《てつ》でできているように四角ばって、がんじょうに見えるのです。また、さかなのようなしっぽも、ウロコが銀色《ぎんいろ》にひかっているのではなくて、ワニのように、かたいいかめしいしっぽのようです。

一郎君《いちろうくん》は、人魚《にんぎょ》なんて、じっさいにあるものではないと信《しん》じていました。その、この世《よ》にいないはずの人魚が、しかも鉄《てつ》のようにいかめしい人魚が、いま、目の下の岩の上に動《うご》いているのを見たのですから、自分の目を、うたがわないでいられません。頭がどうかしたのではないかと、おそろしくなってきました。

しかし、一郎君は勇気《ゆうき》のある少年でした。おそろしいものを見たからといって、びっくりして、逃《に》げかえるような弱虫《よわむし》ではありません。逃げるどころか、反対《はんたい》にもっと近くから、あの怪物《かいぶつ》の姿《すがた》をはっきり見きわめてやろうと決心《けっしん》したのです。

裏道《うらみち》づたいに、岩山をかけおりて、海岸にあるトンネルのような岩のかげから、そっと怪物をのぞきました。怪物のこしかけている岩は、つい目のさき十メートルほどのところにあるのです。

もう太陽《たいよう》がすっかり沈《しず》んで、空はネズミ色に、海はどす黒くなっていました。岩のならんだ波《なみ》うちぎわに、白い波がはげしくうちよせています。そこのひとつの岩の上に、黒い鉄のような生きものが、むこうをむいて、じっとしていました。十メートルの近さで見る怪物は、ぞっとするほどおそろしい姿でした。背中《せなか》のトサカみたいなものは、まるで剣《つるぎ》をならべたように、するどくとがっています。大きなしっぽは鉄のワニのようで、動くとガチャガチャと音がしそうです。

一郎君《いちろうくん》の息《いき》づかいが、はげしくなってきました。いったい、こんなおそろしい怪物《かいぶつ》が、太平洋《たいへいよう》にすんでいたのでしょうか。深《ふか》い深い海の中の谷底《たにそこ》には、動物学者《どうぶつがくしゃ》も知らないような怪物がいると聞いていましたが、それがひょっこり、この日本の海岸《かいがん》へ、姿《すがた》をあらわしたのでしょうか。

ドキドキする胸《むね》をおさえて、そんなことを考えていたとき、怪物が身動《みうご》きをしました。そしてとつぜん、ぐるっとこちらをふりむいたのです。

一郎君は、心臓《しんぞう》がのどまでとびあがるような気がしました。ああ、その怪物の顔《かお》！一郎君は一生涯《いっしょうがい》、わすれることはできないでしょう。背中《せなか》のするどいトサカが、頭の上までつづいていました。ほら穴《あな》みたいにくぼんだ、大きなふたつの目が、リンのように青くひかっていました。口は耳までさけて、そのくちびるのあいだからニューッと牙《きば》がつきだしていました。

一郎君は、それを見た瞬間《しゅんかん》に岩かげに身をかくしましたが、怪物のほうではもうちゃんと気づいていました。

「ジャ、ジャ、ジャ、ジャ……」

という鉄《てつ》と鉄がすれあうような、気味《きみ》のわるい大きな音がひびいてきました。あとでわかったのですが、それは怪物《かいぶつ》の笑《わら》い声《ごえ》だったのです。

「カクレテモ、ダメダ。オレハ、シッテイルゾ。デテコイ、ソシテ、オレノイウコトヲキケ。」

怪物の声でした。この海底《かいてい》のばけものは、日本語をしゃべるのです。しかし、発音《はつおん》はひどくあいまいで、やっぱり鉄《てつ》のすれあうような音で、よほど注意《ちゅうい》しないと聞きとれないのです。

一郎君《いちろうくん》はもうだめだとおもいました。この怪物につかまえられて海の底《そこ》につれていかれるのだと、決死《けっし》のかくごをきめました。そして、勇敢《ゆうかん》にも岩かげから顔《かお》を出して、怪物とにらみあったのです。

「キミハ、ツヨイネ、エライコドモダ。キミナラ、オレノイウコトヲ、ミンナニ、ツタエテクレルダロ。イイカ、ヨクキケ。オレハ、ウミノソコノ、マモノダ。コノムラニハ、モウコナイ。シカシ、マモナク、ニッポンジュウガ、オオサワギニナルダロ。オレガ、シゴトヲ、ハジメルカラダ。ミンナニ、ソウイッテオケ。ウミノソコノ、マモノガ、イヨイヨ、ニッポンニ、ジョウリクシタト、ソウイッテオケ。ワカッタカ。」

そして、また、「ジャ、ジャ、ジャ……」と鉄のすれあう笑い声をたてたかとおもうと、ドブンという音がして、たちまち、怪物の姿《すがた》は見えなくなってしまいました。白波《しらなみ》さかまく海の中へ、とびこんだのです。

鉄《てつ》の小《こ》箱《ばこ》

お話かわって、こちらは東京《とうきょう》のできごとです。大戸村《おおとむら》に鉄《てつ》の人魚《にんぎょ》があらわれてから十日ほどのちのことでした。

世田谷区《せたがやく》にすんでいる、中学二年生の宮田賢吉《みやたけんきち》という少年が、ある夜、友だちのところからおうちへ帰るのに、近道をして、神社《じんじゃ》の森の中を歩いていました。外は、夜になるとだれも通らないさびしい道で、ふつうの子どもでしたら、こわくてとても近道などできないのですが、宮田賢吉君《みやたけんきちくん》は少年探偵団《しょうねんたんていだん》の団員《だんいん》でしたから、暗《くら》い森の中をひとりで歩くのが、かえっておもしろいくらいでした。

神社の森はたいへん広くて、大きな木が立ちならび、その枝《えだ》が空をおおって、ひるまでもうす暗《ぐら》いほどですから、夜は星も見えない、まっ暗闇《くらやみ》です。ところどころに街灯《がいとう》がたっているのですが、その光は木の葉にさえぎられて、遠くまではとどきません。道ばたにならんでいる石どうろうが、大入道《おおにゅうどう》のおばけのように見えて、じつに、うす気味《きみ》がわるいのです。

賢吉君《けんきちくん》は、口笛《くちぶえ》をふきながら足ばやに歩いていましたが、森のまん中ほどまでくると、自分の足音《あしおと》のほかに、もうひとつべつの足音が聞こえるような気がしました。おやっとおもって、口笛をやめて、耳をすましながら歩いていますと、たしかに、べつの足音がしています。自分の足音が森にこだまして、二重に聞こえるのではありません。もうひとつの足音はパタパタと、ひじょうに速《はや》く走っているように聞こえるのです。

賢吉君は、ためしに立ちどまってみましたが、それでもパタパタという足音はつづいています。

やっぱり、だれかが、うしろから走ってくるのです。

ふりむくと、立ちならぶ石どうろうのあいだから、黒いものがパッとこちらへとびだしてくるのが見えました。おとなの人です。悪者《わるもの》かもしれません。賢吉君《けんきちくん》を追《お》っかけてきたのかもしれません。そして、お金をとろうとするのではないでしょうか。

しかし、賢吉君は逃《に》げだしもしないで、じっと、もとのところに立っていました。

男は、たちまちそのそばに近づいて、

「おい、きみ、たのみがある。だいじなたのみがある。聞いてくれ。」

と、息せききっていうのでした。

「ぼくにですか。」

「うん、そうだ。おれは、いま、悪者《わるもの》に追《お》っかけられているんだ。これをあずかってくれ。おれの命《いのち》よりもだいじなものだ。きみの家はこの近くか？」

「ええ、すぐ近くです。」

「それじゃ、これをきみの家に持って帰って、家の中のだれにもわからぬ場所《ばしょ》へかくしておくのだ。この箱《はこ》の中には、おそろしい秘密《ひみつ》がふうじこんである。悪者どもが、その秘密をぬすみだそうとして、おれを殺《ころ》すかもしれない。もし、おれが死んだら、この箱は川の中へでもすててくれ。だが、おれが生きているあいだは、けっしてすてるんじゃない。きっとかえしてもらいにいくから、それまで、だれにも気づかれない場所へ、かくしておいてくれ。わかったな。おれにとっちゃ、命よりもだいじな品物《しなもの》だからね。いいか。」

暗闇《くらやみ》ながら、そうして話しているうちに、男の顔《かお》かたちが、おぼろげに見分けられました。黒い背広《せびろ》を着《き》ています。しわになった、きたない背広です。としは五十以上でしょう。しわの多い、ひげむじゃの顔です。ひげをのばしているわけではなく、いく日も、かみそりをあてないので、無精《ぶしょう》ひげでほおがまっ黒になっているのです。そのうす気味《きみ》のわるい男が、小さな黒い箱をだいじそうに両手《りょうて》でさしだしているのです。

賢吉君《けんきちくん》は、小箱《こばこ》をうけとっていいのかどうか、決心《けっしん》がつきかねて返事《へんじ》もしないでいますと、男はしきりにうしろをふりかえってみながら、

「はやく。はやく、これをうけとってくれ。おれは、悪者《わるもの》に追《お》っかけられているんだ。いまにも、ここへやってくるかもしれない。そうすれば、もうおしまいだ。悪者は、この小《こ》箱《ばこ》をねらっているんだ。さ、はやく。」

男はそういって、またうしろをふりむいていましたが、なにか遠くの音を聞きつけたらしく、ハッとなって、

「来た。やって来た。もうだめだ。一生のおねがいだ。これを持っていって、かくしてくれ。けっして悪者にとられるんじゃないぞ。さ、うけとってくれ。そして、そこの大きな木のうしろにかくれているんだ。逃《に》げだしちゃいけない。あいてはおとなだから。逃げたら、すぐつかまってしまう。いいか、わかったね。」

小箱はいつのまにか、賢吉君《けんきちくん》の手にわたっていました。鉄でできているらしく、小さいわりにはひどく重い箱でした。男が賢吉君の背中《せなか》をつきとばすようにしましたので、賢吉君は、おもわずよろよろとして、一本の大きな木の幹《みき》のうしろにかくれました。そこは、街灯《がいとう》の光がまったくとどかない、まっ暗闇《くらやみ》ですから、けっして悪者に見つかる心配《しんぱい》はないのです。

賢吉君がかくれたのを見さだめると、男はやにわに走りだしましたが、よほどつかれているらしく、あまり速《はや》くは走れません。うしろのほうからは、いきおいのよい足音がせまっ

てきました。パッパッパッと、おそろしく速《はや》い靴音《くつおと》です。

そっと木の幹《みき》からのぞいている賢吉君《けんきちくん》の目の前に、風をきってひとりの若者《わかもの》の姿《すがた》があらわれました。なんだか、はでなしまの背広《せびろ》を着《き》た、ヨタモノみたいなやつです。

たちまち、逃《に》げる男に追《お》いつきました。

「待《ま》てっ、さあ、もう逃がさんぞ。きさまが鉄《てつ》の箱《はこ》を持って逃げたことは、ちゃんと知っているんだ。あれをこっちへよこせ。」

若者のふてぶてしいどなり声に、五十男は、よわよわしく答えています。

「鉄の箱なんておれは知らない。さあ、見るがいい。おれはどこにも、そんなもの持ってやしない。」

若者は、五十男のからだじゅうをさがしているようすでした。しかし、鉄の箱は、とっくに賢吉君《けんきちくん》の手にわたっているのですから、どこからも出てくるはずはありません。

「ちくしょう。どこかへかくしたな。さあ、はくじょうしろ。どこへかくした。いわないと、いたいめをさせるぞ。」

若者は、五十男の手をにぎって、背中《せなか》のほうへねじあげています。しかし、男は一言《ひとこと》も答えません。そればかりか、いまは死にものぐるいになって、パッとその手をふりきると、いきなり、若者につかみかかっていきました。

おそろしい格闘《かくとう》がはじまったのです。

ふたりは、暗闇《くらやみ》の中でくんずほぐれつとっくみあい、そのまままたおれて、上になり下になり、地面《じめん》をゴロゴロころがりまわっていましたが、五十男が若《わか》いヨタモノにかなうはずはありません。いつのまにか、若者《わかもの》にくみしかれて、気味《きみ》のわるいうなり声を出していました。

若者は、五十男の上に馬乗《うまの》りになって、両手《りょうて》でその首をしめつけているのです。下の男は死んでしまうかもしれません。もうぐったりとなって、声をたてることもできないようすです。

賢吉君《けんきちくん》は、木のかげからとびだしていって、たすけてやろうかとおもいましたが、そんなことをしても、ヨタモノにかてるはずはないのですから、鉄《てつ》の小箱《こばこ》をとられてしまうかもしれません。とられては男にすまないのです。命《いのち》をすてても、かくしたいとおもっている小箱ですから、どんなことがあっても、ヨタモノにわたすことはできません。

そんなことをいそがしく考えて、ためらっているうちに、若者が手をはなして立ちあがったようすです。

「命はたすけてやる。鉄の箱《はこ》を手にいれるまでは、きさまを生かしておかなくちゃ親分《おやぶん》にしかられるからな。これから帰って、親分と相談《そうだん》して、また出なおしてくる。鉄の箱はどうしたって手にいれるつもりだから、そのつもりでいろ。」

若者《わかもの》はそんなことをいって、どこかへさってしまいました。

立ちさったと見せかけて、どこかにかくれているのではないかと、賢吉君《けんきちくん》はしばらくようすを見ていましたが、いつまでたってもなにごともおこらず、ほんとうに帰ってしまったらしいので、おずおずと木のかげから出て、たおれている男に近づきました。男はまるで死んだようになっていましたが、賢吉君が顔《かお》をのぞいてだきおこそうとすると、やっと目をひらいて、くるしそうな声を出しました。

「あ、きみか。おれはやられた。もうだめだ。箱《はこ》をたのんだよ。おれが死んだら、川へすててくれ。それから、どうせ警察《けいさつ》ざたになるだろうが、箱のことだけはだまっててくれ。警察にも知られたくないんだ。きみのうちの人にもいっちゃいけないよ。おれはなにもわるいことはしていない。きみにめいわくがかかるようなことは、けっしてないのだから。いいか、たのんだよ。」

それだけいうのが、せいいっぱいでした。男は、そのまま、また目をふさいで、ぐったりとなってしまいました。

賢吉君は、自分ひとりではどうにもならないとおもったので、いきなりかけだして、神《じん》社《じゃ》の森をぬけ、近くのおうちへ帰って、おとうさんに、いままでのできごとをつたえました。鉄《てっ》の箱《はこ》は自分の勉強部屋《べんきょうべや》の本箱《ほんばこ》のひきだしの中へかくし、おとうさんにも、そのことはいわなかったのです。おとうさんは、警察《けいさつ》へ電話をかけておいて、自分も、賢吉君《けんきちくん》の案《あん》内《ない》で森の中へ行ってみることにしました。

窓《まど》の顔《かお》

賢吉君に鉄の小箱《こばこ》をあずけた五十男は、それから四、五日のちに、警察《けいさつ》の病院《びょういん》で息《いき》をひきとりました。しらべてみると、この男は、むかし船員《せんいん》をしていた宿《やど》なしで、家族《かぞく》もしんせきもない、ひとりぼっちの男とわかりましたので、警察の手で病院に入れて手あてをしたのですが、もともとからだが弱かったので、とうとう死んでしまったのでした。

さて、その男が死んだとなると、賢吉君は約束《やくそく》にしたがって、鉄の小箱を川へすてなければならないのですが、なにか大きな秘密《ひみつ》がかくされているというその箱を、すててしまう気には、どうしてもなれません。そっとかくしておいて、自分でその秘密をさぐってみたいのです。それで、約束にはそむくけれども、しばらくすてないで、かくしておくことにしました。

その箱の長さ十五センチ、はば九センチ、厚《あっ》さ六センチほどの、唐草《からくさ》もようの彫刻《ちょうこく》のある黒い鉄《てつ》の箱《はこ》で、どこにもわれめがなく、どうしてひらくのか、すこしもわかりません。中にはなにがはいっているのか、ふってみてもなんの音もしないのです。

賢吉君《けんきちくん》は、その中にとほうもない宝《たから》ものでもはいっているようで、いそいで箱をこわすのが、おしいような気がしました。あとでゆっくりしらべることにして、どこかだれにも知られないような場所《ばしょ》へ、かくさなければなりません。そこでいろいろ考えたすえ、庭《にわ》の*築山《つきやま》の、てごろな石の下へかくすことにきめ、森の中の格闘《かくとう》のあった夜、みんなが寝《ね》しずまったころ、そっと部屋《へや》の窓《まど》からぬけだして、おもちゃのシャベルで石の下をほって、そこへ鉄の箱をうずめておいたのです。

男が病院《びょういん》で死んだという知らせをうけた晩《ばん》にも、その石をあげてのぞいてみましたが、鉄の箱はちゃんとそこにありました。

しかし、賢吉君には、ひとつ心配《しんぱい》なことがあったのです。森の中の格闘のあとで、うちに帰ったとき上着のポケットに入れておいたナイフが、なくなっていたのです。

えんぴつをけずる小さなナイフですが、あのとき木のかげにかくれていて、格闘を見ているあいだに、おもわずそのナイフを手に握《にぎ》っていたのです。べつにそれで、ヨタモノをきずつけようというわけではなく、ただ、ひとりでに手がそこへいってナイフを握りしめていたのです。そのときは、もとのポケットに入れておいたつもりでしたが、あわててい

＊庭園に山をかたどって小高く土を盛《も》りあげたところ

たので、うっかり落《お》としてしまったのかもしれません。

そのナイフは、外側《そとがわ》にシカの角がはりつけてあるのですが、わるいことには、そのシカの角の表面《ひょうめん》に、じぶんの名がローマ字でK《ケイ》・MIYATA《ミヤタ》と、ほりつけてありました。もし、あのナイフを悪者《わるもの》にひろわれたら、賢吉君《けんきちくん》が鉄《てつ》の箱《はこ》をかくしていることを、さとられるかもしれません。それで、あくる日、昼のあいだに森の中へいって、そのへんをくまなくさがしたのですが、ナイフは、どこにも落ちていませんでした。あのヨタモノが、あとからやって来て、ひろっていったのではないでしょうか。賢吉君には、それがただひとつの心配《しんぱい》でした。

さて、男が病院《びょういん》で死んでから十五日ほどたった、ある晩《ばん》のことです。

賢吉君は勉強部屋《べんきょうべや》の机《つくえ》にむかって、学校の宿題《しゅくだい》をやっていました。もう夜の九時ごろでした。その日も、夕方《ゆうがた》だれも見ていないのをたしかめて、築山《つきやま》の石の下をのぞき、鉄の箱がちゃんともとの場所《ばしょ》にあることをたしかめておきました。そして、安心《あんしん》して勉強していたのです。このぶんでは、ナイフをひろったのは悪者ではなさそうです。あれから半月もたつのに、賢吉君の身辺《しんぺん》に、なにごともおこらないのですから、もうだいじょうぶという気がしていました。

ところが、そうではなかったのです。

宿題《しゅくだい》のむずかしいところにさしかかったので、賢吉君《けんきちくん》はそれを考えるために、えんぴつをおいて目の前の空間を見つめていました。すると、目の前になんだか、もやもやと動《うご》いているものがあるのです。おやっとおもって、目をさだめてそこを見ました。

机《つくえ》のむこうに、ガラス窓《まど》があります。カーテンがひいてないので、そこからまっ暗《くら》な庭《にわ》が見えています。そのまっ暗な中に、なにか黒いものがもやもやと、動いているのです。

闇《やみ》の中に黒いものですから、よく見わけられませんが、なにかいることはたしかでした。人間かとおもいましたが、人間ならば顔《かお》は白く見えるはずです。どうも人間ではなさそうです。人間ではなくて、人間ほどの大きさのものです。

ゾーッと、背中《せなか》がさむくなりました。

その黒いものは、だんだんこちらへ近づいてきます。もう窓ガラスのすぐそばまで来ました。ぼんやりと形《かたち》が見えます。それはいままで一度《ど》も見たことのないような、うす気味《きみ》のわるい、へんてこなものでした。

ギョッとして、心臓《しんぞう》がのどのところまで、とびあがるような気がしました。

そのものが窓ガラスにぴったり顔をくっつけて、賢吉君をにらみつけたからです。

ひたいの下がゴリラのようにくぼんでいて、そのおくから、リンのように青白《あおじろ》くひかる、ふたつの目がのぞいていました。口は耳までさけて、そのくちびるのあいだから、二本の牙《きば》が、ニューッとのびていました。それは人間の顔《かお》ではありません。動物《どうぶつ》の顔でもありません。なんだかえたいの知れないものです。顔ぜんたいが、まるで鉄《てつ》のように黒光りにひかっているのです。

賢吉君《けんきちくん》は逃《に》げだそうとしました。しかし、リンのようにひかる目でにらみつけられると、ちょうど、ヘビににらまれたカエルのように、もう身動《みうご》きができなくなって、イスにかけたまま、じっとしているほかはないのでした。

それから、もっとおそろしいことがおこりました。ガラス窓《まど》が、じりじりと、下から上へひらきはじめたのです。怪物《かいぶつ》が外から、おしあげ窓をひらいているのです。

それでも、賢吉君は、まだ逃げる力がありません。まるで、イスにしばりつけられたように、まったくからだが動かないのです。そして、目は怪物のほうにひきつけられ、見まいとしても、そのほうからそらすことができないのです。

窓はすこしずつ、すこしずつ、上のほうへひらいていきました。そして四十センチほどひらいたとき、怪物の顔がニューッと窓の中へはいってきました。ふたつの目は青いほのおのようにもえています。頭の上には、気味《きみ》のわるいトサカのようなものが、するどくつっ立っています。それから口が……。

その耳までさけた口が、キューッと三日月形《みかづきがた》にひらいて、

「ジャ、ジャ、ジャ、ジャ……」

と笑《わら》ったのです。鉄《てつ》と鉄がすれるような、おそろしい音をたてて笑ったのです。

怪物《かいぶつ》のゆくえ

賢吉君《けんきちくん》は、おもわず「ワーッ」とさけんで、イスから立ちあがり、ドアのほうへ逃《に》げようとしましたが、そのとき頭がフラフラとして、目の前がスーッと暗《くら》くなり、そのまま気をうしなって、たおれてしまいました。

「なんだか、いま、へんな声がしたようだね。」

賢吉君のおとうさんが、おくの部屋《へや》から茶の間に出てきました。

「賢吉の部屋のようですわ。どうしたんでしょう。あなた、行ってみてくださいませんか。」

おかあさんも心配《しんぱい》そうな顔《かお》で立ちあがっていました。

「行ってみよう。戸田君《とだくん》も、いっしょにきたまえ。」

おとうさんは、廊下《ろうか》にいた書生《しょせい》*の戸田君をつれて、賢吉少年の勉強部屋《べんきょうべや》にいそぎました。

「賢ちゃん、いま、なにかいったかい。」

＊ 他人の家にせわになって、家事を手つだい勉強する人

ドアの外から声をかけてもなんの返事《へんじ》もありません。そして、部屋《へや》の中では、なにかゴトゴトと、みょうな音がしています。

「だれだっ、そこにいるのは？」

書生《しょせい》の戸田君《とだくん》が、どなってドアをひらこうとしましたが、中からかぎがかけてあることがわかりました。

「へんですね。賢《けん》ちゃんは、めったにかぎなんかかけたことがないのに。……おなじかぎが、もうひとつの茶の間にありましたね。ぼくとってきます。」

戸田君は、そういってかけだしていきましたが、すぐにひきかえしてきて、そのかぎでドアをひらきました。

そして、ひと目部屋の中を見ると、ふたりは、おもわず「あっ」と、声をたてないではいられませんでした。

賢吉少年《けんきちしょうねん》が、たおれているばかりではありません。本箱《ほんばこ》や机《つくえ》のひきだしが、ぜんぶひきぬかれて、その中のものが、部屋いっぱいにちらかっていたからです。

おとうさんは、賢吉君《けんきちくん》のそばにかけよって抱《だ》きおこし、「賢ちゃん、賢ちゃん」とよんで、そのからだをゆり動《うご》かしました。すると、賢吉君は、やっと気がついて目をひらき、いきなりおとうさんのからだにしがみつきました。

「どうしたんだ。いったい、どうしたというんだ。」

おとうさんは、ちらばった部屋《へや》の中や、ひらいた窓《まど》を見て、ふしんらしくたずねました。

賢吉君《けんきちくん》は、おとうさんにしがみついたまま、そっと部屋の中を見まわしましたが、さっきのおそろしいやつは、もう、どこにもいないことがわかりました。

「窓から、おばけがはいってきたのです。からだにウロコのはえた、牙《きば》のあるおそろしいやつです。ぼく、そいつに食《く》われてしまうかとおもった。きっと、窓から出ていったのです。まだ庭《にわ》にいるかもしれない。」

賢吉君はそういって、ガタガタふるえていました。

おとうさんは、そんな怪物《かいぶつ》がこの世《よ》にいるとはおもいませんので、賢吉君がゆめかまぼろしでも見たのではないかとうたがいましたが、それにしては、部屋の中がひっかきまわしたように、ちらかっているのがへんです。

おとうさんは、ひらいたガラス窓にかけよって、まっ暗《くら》な庭を見まわしました。しかし、庭にはなにもいるようすがありません。

「おやっ。」

おとうさんは、そのとき、窓のしきいに、おそろしいかききずができているのに気がつきました。それは、大きなするどい五本のツメでぐっとひっかいたような、なまなましいあとでした。

「おい、戸田君《とだくん》、このきずを見たまえ。なんだか動物《どうぶつ》のツメのあとのようじゃないか。」

「そうですね。けさまで、こんなあとはついていませんでした。ひょっとしたら、ほんとうに、あやしいやつが、はいってきたのかもしれませんね。」

書生《しょせい》の戸田君も、顔色《かおいろ》をかえていいました。

「よし、庭《にわ》へ出てみよう。足あとがあるだろう。きみ、懐中電灯《かいちゅうでんとう》を持ってきたまえ。」

賢吉君《けんきちくん》は、さっきから、そこへようすを見にきていたおかあさんにしがみついて、ふるえていました。おとうさんと戸田君は部屋《へや》を出て、庭のほうへまわっていきました。

ふたりが庭におりて、懐中電灯でしらべてみますと、土のやわらかいところに、じつにぞっとするような怪物《かいぶつ》の足あとが、のこっていることがわかりました。それは、するどいツメのある巨大《きょだい》な動物の足あととしか、考えられないようなものでした。

こういう証拠《しょうこ》を見ては、もう、ほうっておくわけにはいきません。おとうさんは、すぐに警察《けいさつ》へ電話をかけて、ことのしだいを知らせました。

その電話を聞いて、警察でもへんだとおもいましたが、賢吉君のおとうさんは、大きな会社の重役《じゅうやく》をつとめている、町でも有名《ゆうめい》な実業家《じつぎょうか》でしたから、まさかでたらめではあるまいと、とりあえず三人の警官《けいかん》が自動車《じどうしゃ》をとばして賢吉君のうちへやってきました。そして、うちの中と庭《にわ》とをくまなくしらべましたが、窓《まど》のツメのあとと庭の足あとのほかには、なにも発見《はっけん》できませんでした。

それでは、うちの外まわりをしらべてみようというので、三人の警官《けいかん》がへいの外の暗《くら》い町を歩いていますと、むこうのほうから、おそろしいいきおいでかけてくる、男の姿《すがた》が見えました。何者《なにもの》かに追《お》いかけられているように、いちもくさんに走ってくるのです。

「きみ、どうしたんだ。」

ふしんにおもって声をかけると、その男は三人の前で立ちどまりました。

「あ、おまわりさんですね。たいへんです。おそろしいやつが、マンホールの中から出てきたのです。」

息《いき》をきってまた逃《に》げだしそうにしています。どこか近くの店の店員《てんいん》らしく、ジャンパーを着《き》た若《わか》い男です。

「きみはいったい、なにを見たんだ。」

「ばけものです。」

それを聞くと警官たちは、この男は、もしや賢吉君《けんきちくん》をおそった怪物《かいぶつ》に出あったのではないかとおもい、あわてててたずねました。

「そのマンホールっていうのは、どこだ。」

「あそこです。この町のかどをまがったところです。」

警官《けいかん》たちはそこまで聞くと、「よしっ」とさけんで、いきなりその町かどへかけだしました。

かどをまがると、すぐにマンホールが見えました。しかし、べつにあやしいものも見あたりません。マンホールには、ちゃんと鉄《てつ》のふたがしまっています。

「おい、このマンホールかい。なにもいやしないじゃないか。」

おずおずついてきた若者《わかもの》にたずねますと、さもこわそうに指《ゆび》さしながら、

「それです。そのふたがスーッと持ちあがって、中からおそろしいばけものが出てきたのです。」

「おそろしいばけものって、どんなやつだった？」

「牙《きば》がはえていました。それからウロコがはえていました。目がリンのようにひかっていました。」

やっぱりそうでした。賢吉君《けんきちくん》をおそった怪物《かいぶつ》です。

「そいつは、マンホールから出たのでなくて、マンホールへ逃《に》げこんだのかもしれないぞ。」

警官のひとりが、さすがに気味《きみ》わるそうに、目の前のマンホールのふたを見ました。

「よし、それじゃ、しらべてみよう。手をかしたまえ。そして、きみはピストルを出してかまえていてくれ。危険《きけん》と見たらぶっぱなすんだ。」

三人の中で先輩《せんぱい》らしい警官《けいかん》が、そういって懐中電灯《かいちゅうでんとう》をつけると、マンホールのふたのそばにしゃがみこみました。もうひとりの警官が、それに手をかします。のこるひとりは、腰《こし》のサックからピストルをぬきだして、いざといえば、発射《はっしゃ》する身《み》がまえをしました。

「そら、いいか。」

ふたりの警官が力をあわせて、マンホールの鉄《てつ》のふたをひらいて、わきにのけました。穴《あな》の中はまっ暗《くら》です。懐中電灯の光が、さっとそこをてらしました。

その中に、鉄《てつ》のウロコの怪物《かいぶつ》が、うずくまっていたのでしょうか。いや、そうではありません。中はからっぽだったのです。警官たちは、ひょうしぬけしてしまいました。

「なあんだ。なんにもいないじゃないか。」

それは下水《げすい》のマンホールでしたが、ほそい下水道《げすいどう》ですから、そこから下水をつたって逃《に》げることはとてもできません。

怪物は、いちじマンホールの中へかくれて、それからまた逃げだしたのでしょう。さっき店員《てんいん》の見たのは、やっぱり、出てくるところだったのでしょう。

この店員は賢吉君《けんきちくん》とおなじ怪物を見たのです。ふたりも見た人があるからには、もう、ゆめやまぼろしとはいえません。すててはおけないのです。そこで、警官《けいかん》は電話でこのことを本署《ほんしょ》に知らせ、本署から警視庁《けいしちょう》にれんらくしました。

それからは、たいへんなさわぎです。パトロールカーが三台もやってきました。警視庁や警察署《けいさつしょ》から何台も自動車《じどうしゃ》が来ました。それに新聞記者《しんぶんきしゃ》です。賢吉君《けんきちくん》のおうちは、りんじの捜査本部《そうさほんぶ》になって、門の前には十何台の自動車がならび、近所《きんじょ》の人たちが、なにごとかと集《あつ》まってくるものですから、たちまち黒山の人だかりです。

何十人という警官による大捜索《だいそうさく》がはじまりました。その近くの家という家は、かたっぱしからしらべられ、町という町は警官の自動車が巡回《じゅんかい》し、*非常線《ひじょうせん》がはられ、アリのはいだすすきまもない、捜査の網《あみ》がはられました。

しかし、あくる朝になっても、どこからも、あやしいものは発見《はっけん》されませんでした。鉄《てつ》の人魚《にんぎょ》は、煙《けむり》のように消《き》えうせてしまったのです。

その翌日《よくじつ》の新聞は、鉄《てつ》のウロコの怪人《かいじん》の記事《きじ》でいっぱいでした。賢吉君のうちの窓《まど》じきいにのこったツメのあとと、庭《にわ》の大きな動物《どうぶつ》の足あとが、写真《しゃしん》になって新聞にのったのです。日本全国の人がその新聞を読んで、ふるえあがってしまいました。そして、人が集まれば、このおそろしい怪物《かいぶつ》の話でもちきりでした。

＊火事や犯罪事件が起こったとき、一定の区域に一般の人の立ち入りを禁止し、警官を守りにつかせること

大《だい》金《きん》塊《かい》

賢吉少年《けんきちしょうねん》は、そのあくる朝、警察《けいさつ》の人たちが引きあげていくのを待って、そっと庭《にわ》へ出ました。庭の石の下へかくしておいた、あの小さい鉄《てつ》の箱《はこ》をしらべてみるためです。ゆうべの怪物《かいぶつ》が、鉄の箱を持っていったのではないかと心配《しんぱい》でたまらなかったのです。

目じるしの石を持ちあげてみますと、ああよかった。鉄の箱はそこにありました。ちゃんと、もとの場所《ばしょ》にのこっていたのです。賢吉君《けんきちくん》は、もう自分ひとりで、かくしておいてはいけないとおもいました。それで箱をとりだすと、いそいでうちにかけこみ、それをおとうさんに見せて、このあいだの夜、神社《じんじゃ》の森の中で格闘《かくとう》があったとき、顔《かお》じゅうにひげのはえたきたないおじさんに、この箱をあずけられたこと、そのおじさんは、もしおれが死んだら、鉄の箱を川の中へすててくれといったけれども、おじさんが警察病院《けいさつびょういん》で死んでからも、すてる気になれないので、庭の石の下へうずめておいたことを、くわしく話しました。

おとうさんは、鉄の箱を手にとってひらこうとしましたが、どうしてもあけることができません。書生《しょせい》の戸田君《とだくん》もやってみましたが、やっぱりだめです。

そのとき、賢吉少年《けんきちしょうねん》は、ふとおもいついたように、声をはずませていいました。

「いいことがあります。ぼく、その箱《はこ》を明智探偵事務所《あけちたんていじむしょ》へ持っていって、ぼくらの少年探《しょうねんたん》偵団《ていだん》の小林団長《こばやしだんちょう》に見せましょう。そして、明智先生《あけちせんせい》の知恵《ちえ》をかりれば、きっとこの箱の秘《ひ》密《みつ》がわかりますよ。」

「うん、それはいい思いつきだ。戸《と》田君《だくん》に送《おく》ってもらって、いつもよびつけのハイヤー*に乗《の》っていってくるがいい。運転手《うんてんしゅ》と戸田君と、ふたりも護衛《ごえい》がついていれば、だいじょうぶだろう。それに昼間のことだしね。」

おとうさんも賛成《さんせい》だったので、まず明智の事務所へ電話をかけますと、明智先生も小林《こばやし》少年《しょうねん》も、事務所にいることがわかりましたので、顔《かお》見知りの運転手の自動車《じどうしゃ》をよんで、賢吉少年は鉄《てつ》の箱《はこ》をだいじにかかえて、書生《しょせい》の戸田君といっしょに、それに乗りこみました。

事務所につくと、小林少年が出てきて、ふたりを応接間《おうせつま》にとおしました。そして、賢吉《けんきち》君《くん》から話を聞き、鉄の箱を手にとって、いろいろやってみましたが、小林少年にもひらくことができません。

「ちょっと待っていたまえ。明智先生に、この箱を見せてくるから。」

小林少年はそういって、箱を持ってドアの外に出ていきましたが、十分ほどすると、明智先生といっしょに、にこにこしてもどってきました。

＊ 客の申しこみに応じて送りむかえをする自動車

「先生は、わけなくおひらきになったよ。ほら、こうするんだ。箱根細工《はこねざいく》の秘密箱《ひみつばこ》とおなじだよ。唐草《からくさ》もようの、ここのところをおすんだよ。すると、こちら側《がわ》がひらくようになる。それから、ここをおすと、ね。二、三度《ど》、おなじことを、くりかえせばいいんだよ。そうすると、すっかりひらいてしまう。

だが、それよりも、もっとたいへんなことがあるんだ。この箱《はこ》の中には、何十億円《おくえん》というすばらしいねうちのものが、はいっていたのだよ。」

小林少年《こばやししょうねん》の説明《せつめい》にびっくりしていると、明智探偵《あけちたんてい》がイスにかけて、にこにこしながら話しはじめました。

「それはこういうわけだよ。この鉄《てつ》の箱の中には、三つの書きものがふうじこめてあった。ひとつは福永《ふくなが》という、もと遠洋航路《えんようこうろ》の大洋丸《たいようまる》の船長をしていた人の遺言書《ゆいごんしょ》。ひとつは、紀《き》伊半島《いはんとう》の南の海路図《かいろず》。もうひとつは保険会社《ほけんがいしゃ》の証書《しょうしょ》なのだよ。」

明智はそういって、手に持っていた何枚《なんまい》かの書きつけを見せました。

「その、もと船長の遺言書は、むずかしい文章《ぶんしょう》なので、くだいて話すとね、いまから二十年ばかり前に、紀伊半島の潮ノ岬《しおのみさき》の沖《おき》で、大洋丸という汽船が、暴風《ぼうふう》のために沈没《ちんぼつ》した。そのときは、何十年に一度《ど》というひどいあらしで、大洋丸が無電《むでん》で助《たす》けをもとめても、海岸《かいがん》から助けの船を出すこともできなかったほどで、多くの船客《せんきゃく》や乗組員《のりくみいん》が死んでしまった。

流《なが》れたボートにすがって、やっと海岸《かいがん》にたどりついたのは、十数人の乗組員《のりくみいん》だけで、その中に、船長の福永《ふくなが》という人もはいっていた。自分だけたすかるというのは、あまりえらい船長じゃないね。

大洋丸《たいようまる》が無電《むでん》で助けをもとめるとき、いまどこにいるかという、位置《いち》を知らせたのはいうまでもないが、福永船長《ふくながせんちょう》の遺言書《ゆいごんしょ》には、そのとき、自分はあわてていたので、たいへんなまちがいを書いてある。経度《けいど》の数字をまちがえて無電技師《むでんぎし》につたえたので、あとで大洋丸が、まるでけんとうちがいの場所《ばしょ》に沈《しず》んだようになってしまって、保険会社《ほけんがいしゃ》が、船会社に保険金をはらったあとで、沈んだ場所をしらべると、そこはひじょうに深《ふか》いところで、船はもちろん、荷物《にもつ》も引きあげられないことがわかって、あきらめてしまった。

福永船長は、それから一年ほどたってやっと、無電で送《おく》った沈没《ちんぼつ》の位置がちがっていたことに気づいたというのだが、これはどうもおかしいね。船長は、わざと気づかないことにしておいたのかもしれない。そして、それからまた一年ほどたって、船長は、保険会社から沈没した大洋丸の権利《けんり》を買いとった。そのころのお金で、二十何万円、いまにすれば*一億円《おくえん》ぐらいになるがね。そのお金をこしらえて、沈没船《ちんぼつせん》を自分のものにしてしまった。どうせ引きあげられない船だから、保険会社もやすく売ってしまったのだね。

引きあげの見こみもない船に、どうしてそんな大金を出したかというと、その船には、

＊ 現在の約十億円

香港《ホンコン》からアメリカに送《おく》る金塊《きんかい》がたくさんつんであったのだ。遺言書《ゆいごんしょ》には、そのころのねうちで四百万円とあるから、いまでは二十億円《おくえん》ほどのものだ。船長は、それを引きあげて、大金持ちになろうとしたのだよ。保険会社《ほけんがいしゃ》から権利《けんり》が買ってあるので、だれにもえんりょすることはないのだ。

保険会社は、世界《せかい》じゅうのどんな潜水技術《せんすいぎじゅつ》でも、どうしても引きあげられない深《ふか》いところにあるとおもったので、権利《けんり》を売ったのだが、船長は、大洋丸《たいようまる》が無電《むでん》で知らせた場所《ばしょ》からは五*マイルもへだたった、もっと浅《あさ》いところに沈《しず》んでいることを、ちゃんと知っていた。そこから潜水作業《せんすいさぎょう》もできるだろうと考えたのだよ。

そこでいよいよサルベージ会社にたのんで、金塊《きんかい》の引きあげをやろうと、いろいろな準備《じゅんび》をしているうちに、この福永船長《ふくながせんちょう》は大病《たいびょう》にかかって、なにもできないようになり、三か月ほどで死んでしまった。天罰《てんばつ》があたったのだろうね。それで、まだ字の書けるあいだに、この遺言書を書いて、鉄《てつ》の秘密箱《ひみつばこ》をつくらせて、保険会社の証書《しょうしょ》と、ほんとうに大洋丸の沈んでいる場所をしるした海図《かいず》といっしょにふうじこんで、自分のひとりむすこにのこした。

そのむすこが、賢吉君《けんきちくん》に鉄の箱をあずけたというわけだ。このむすこは、いくじのない男で、自分で引きあげて作業《さぎょう》をはじめることもできず、いく人かのお金持ちに、引きあげ

＊約九キロメートル

の権利《けんり》を売りつけようとしたが、そのころは、もうびんぼうになってしまって、きたないふうをしていたので、そんな男の『海底《かいてい》の大金塊《だいきんかい》』なんてゆめみたいな話は、だれも信用《しんよう》してくれなかったのだね。そして、いつのまにか二十年がたってしまった。そのことが、むすこの手で遺言書《ゆいごんしょ》のはじに書きつけてあるのだよ。」

明智探偵《あけちたんてい》の長い説明《せつめい》が、やっとおわりました。賢吉少年《けんきちしょうねん》には、まだよくわからないところもありましたが、ともかく、二十億円《おくえん》の金塊が、潮ノ岬《しおのみさき》の沖《おき》に沈《しず》んだままになっていることは、なんだか、ほんとうらしくおもわれてくるのでした。

白昼《はくちゅう》の怪物《かいぶつ》

明智探偵は、そういう説明をしたあとで、賢吉少年と書生《しょせい》の戸田《とだ》に、こんなことをいいました。

「この小箱《こばこ》をねらっているやつは、おそろしい悪者《わるもの》だ。賢吉君のおうちへおくのは、心配《しんぱい》なくらいだ。しかし、それは、わたしがまもってあげる。だいじょうぶだから、安心してお帰りなさい。そして、またもとの石の下へかくしておくんだね。」

そういって、部屋《へや》のすみの事務机《じむづくえ》の前にいって、小箱の中へ書きつけを入れ、もとのとおりふたをしめて、賢吉君《けんきちくん》に手わたしました。

賢吉君と書生《しょせい》の戸田《とだ》は、明智探偵《あけちたんてい》と小林少年《こばやししょうねん》にあつくおれいをいって、いとまをつげ、おもてに待っていた自動車《じどうしゃ》に乗《の》りました。

自動車は世田谷《せたがや》の賢吉君のおうちにむかって走りだし、十五分ほどすると、大きな屋敷《やしき》のならんださびしい道にさしかかりました。両側《りょうがわ》に、高いコンクリートのへいが百メートルもつづいて、そのへいの中には、大きな木が立ちならび、昼間でもうす暗《ぐら》いようなところです。

そのコンクリートべいの谷間のような場所《ばしょ》に来たとき、自動車がキーッというブレーキの音をたててとまりました。

「おや、へんなところでとめるじゃないか。どうしたんだ。故障《こしょう》がおこったのかい。」

書生の戸田が、運転手《うんてんしゅ》に声をかけました。すると、むこうをむいていた運転手が、ひょいとこちらをふりむいて、ニヤリと笑《わら》ったのです。

「あっ、きみはさっきの運転手とちがうじゃないか。いつのまにいれかわったんだ。そして、きみはいったい、だれだっ！」

「こういうもんさ。」

運転手はふてぶてしい声で答えて、ニューッと、ピストルをさしつけました。

「あっ、それじゃ、きさまは……」

戸田《とだ》はびっくりして、となりの賢吉少年《けんきちしょうねん》をだくようにしてまもりました。あいてがピストルを持っているのでは、どうすることもできません。

「なあに、きみたちの命《いのち》をもらおうとはいわない。鉄《てつ》の小箱《こばこ》さえだせばいいのだ。さあ、はやくだせ。」

戸田は、すきがあれば自動車《じどうしゃ》からとびおりて逃《に》げようと、そっとドアのとってに、指《ゆび》をかけました。

するとあいては、はやくそれをさっして、にくにくしく笑《わら》うのでした。

「ハハハ……だめだめ、逃げようたって、逃げられるものじゃない。ドアの外をよく見るがいい。」

はっとして、ガラス窓《まど》の外を見ますと、いつのまにあらわれたのか、窓のすぐそばに、ものすごい顔《かお》の男が立ちはだかっていました。手には、やっぱりピストルをかまえて、にやにや笑っているのです。それじゃ、こちらからと、反対側《はんたいがわ》の窓を見れば、これはどうでしょう。そこにも、おなじようなあらくれ男が、ピストルをかまえてにらみつけているではありませんか。

三方からピストルをむけられては、もう、どうすることもできません。戸田は賢吉少年に、鉄《てつ》の小箱《こばこ》をわたすように手まねであいずをしました。賢吉君《けんきちくん》も、しかたがないので、それを前の運転手《うんてんしゅ》にさしだしました。

あいては、ひったくるようにそれをうけとると、また、にくにくしく笑《わら》うのでした。

「ワハハハ……、感心《かんしん》、感心、きみたちは、よくいうことをきくねえ。それじゃ、これでゆるしてやるよ。きみたちの運転手は、うしろのトランクにおしこめてある。おれたちの姿《すがた》が見えなくなったら、トランクをあけて出してやるがいい。そうすれば、また自動車《じどうしゃ》を運転してくれるよ。」

にせ運転手は、自動車からとびだして、バタンとドアをしめました。そして、三人の男は、まるで短距離《たんきょり》の選手《せんしゅ》のように、おそろしいいきおいで、むこうへかけだしていきました。

「ああ、とりかえしのつかないことをしてしまった。あのだいじな鉄の小箱をとられてしまった。賢ちゃん、あいつらは、いつかの悪者《わるもの》の手下《てした》ですよ。……それにしても、明智《あけち》さんは、ぼくがまもってやるからだいじょうぶだと、うけあってくれたのに、どうしたというんでしょう。こんなにはやく、とられてしまうようでは、明智さんもあてになりませんね。じつにざんねんです。」

戸田《とだ》は、くやしそうに、ぶつぶついっていましたが、三人の男の姿が見えなくなってしばらくすると、自動車《じどうしゃ》をおりて、うしろのトランクのふたをひらきました。そこには、あの知りあいの運転手《うんてんしゅ》が、さるぐつわをはめられて、まるくなって、おしこめられていました。

賢吉君《けんきちくん》も車をおりて、てつだいました。そして、トランクから出して、さるぐつわをはずしてやりましたが、運転手は頭をさすりながら、

「明智《あけち》さんの事務所《じむしょ》の前に、車をとめてうっかりしていると、いきなり、うしろからここをガンとやられ、さるぐつわをはめられてしまいました。おそろしく力の強いやつで、どうすることもできませんでした。もうしわけありません。それじゃ、やつがわたしにばけて、ここまで運転《うんてん》してきたのですね。」

「そうだよ。きみとおなじような上着《うわぎ》を着《き》ていたので、うしろ姿《すがた》では、見わけがつかなかった。まさか、ひるまから、こんなだいたんなまねをするとは、おもいもよらないのでね。さあ、いそいで運転してくれ。もうちに近いんだから、帰ってから警察《けいさつ》に電話をかけよう。ぼくらは、だいじなものを、ぬすまれてしまったんだよ。」

そこで、三人は自動車に乗《の》りこみましたが、車が走りだそうとするとき、賢吉少年《けんきちしょうねん》が、

「あっ」と声をたてました。まっさおな顔《かお》になって、目がとびだすほど大きくなっています。そして、窓《まど》の外をじっと見つめているのです。

戸田《とだ》と運転手《うんてんしゅ》はおどろいて、賢吉君《けんきちくん》の見つめているところを見ました。

高いコンクリートべいの上から、なにかがのぞいていました。うしろには、大きな木の枝《えだ》が青黒くしげっています。その前のへいの頂上《ちょうじょう》に、なにか黒いものが見えるのです。

それは、えたいの知れぬ、へんてこなものでした。黒い顔《かお》の中に、リンのように青くひかるふたつの目がありました。耳までさけた口がありました。その口から、ニューッと白い牙《きば》がつきだしているのです。頭には、するどい鉄《てつ》のトサカがはえています。

鉄《てつ》の人魚《にんぎょ》です。あの怪物《かいぶつ》が、コンクリートべいの内側《うちがわ》をよじのぼって、首だけ出して、こちらをにらみつけているのです。

「はやく、はやく……」

賢吉君は、一度《ど》出あったことがあるので、そのおそろしさをよく知っていました。いまにも、怪物がへいを乗《の》りこして追《お》っかけてでもくるように、運転手をせきたてるのでした。

運転手も、このおそろしい怪物には、すっかりおびえてしまって、やにわに速力《そくりょく》を出しました。車は人通りのない谷間《たにま》の町を、もうれつないきおいで突進《とっしん》しました。

ハヤブサ丸《まる》

賢吉少年《けんきちしょうねん》たちは、うちに帰ると、自動車《じどうしゃ》をとびおりて、おとうさんの部屋《へや》へかけこんでいきました。そして、息《いき》をはずませて、いまのできごとを伝《つた》えるのでした。

おとうさんは、すぐに警察《けいさつ》へ電話をかけて、このことを知らせ、それから明智探偵事務所《あけちたんていじむしょ》をよびだしました。

「なに、鉄《てつ》の小箱《こばこ》をとられた？　やっぱりそうでしたか。」

電話口の明智探偵はそういって、ちょっと考えているようでしたが、すぐに、ことばをつづけました。

「それじゃ、これからすぐに、おたくへうかがいます。電話ではお話しできないことがあるのです。しかし、ご安心《あんしん》ください。わたしは賢吉君《けんきちくん》に、かならずまもってあげると約束《やくそく》しました。その約束はちゃんとまもっているのです。」

そして電話がきれたのですが、明智探偵はいったい、なにをいっているのでしょう。鉄の小箱をまもるという約束だったではありませんか。その小箱は、とっくにぬすまれてしまったのです。いまごろになって、どうしようというのでしょう。おとうさんは、ふしぎそうに首をかしげました。

しばらくすると、明智探偵《あけちたんてい》が自動車《じどうしゃ》でかけつけてきました。おとうさんと賢吉君《けんきちくん》は、明智を応接間《おうせつま》にとおしてもてなしました。

「さっきの電話は、よくわからなかったのですが、鉄《てつ》の小箱《こばこ》はあくまでまもってやると、おっしゃったようですね。」

おとうさんが明智をせめるように、たずねました。

「そうです。たしかにおまもりしています。」

名探偵《めいたんてい》は、にこにこして答えました。

「え、それは、いったいどういうわけですか。鉄の小箱は、悪者《わるもの》にとられてしまったのですよ。」

「いや、ご心配《しんぱい》にはおよびません。とられたのは箱だけです。なかみは、ちゃんとここにありますよ。」

明智はポケットから大きな封筒《ふうとう》をとりだして、その中から、船長の遺言書《ゆいごんしょ》と、航海図《こうかいず》と、保険会社《ほけんがいしゃ》の証書《しょうしょ》をだして見せました。

「あっ、それじゃ、先生は……。」

「そうですよ。こんなこともあろうかとおもって、小箱のなかみを、すりかえておいたのです。悪者《わるもの》がぬすんでいった鉄《てつ》の小箱《こばこ》には、白い紙がはいっているばかりですよ。」

賢吉君《けんきちくん》もおとうさんも、名探偵《めいたんてい》のぬけめのないやりくちに、すっかり感心《かんしん》していました。

「ああ、そうとは知らないものですから、しつれいなことをもうしました。おゆるしください。さすがは明智先生《あけちせんせい》です。これですっかり安心《あんしん》しました。」

おとうさんは、くりかえし、おれいをいうのでした。明智はことばをあらためて、

「宮田《みやた》さん、悪者どもは、このうえ、まだどんなたくらみをするかわかりません。金塊《きんかい》を、はやくこちらで引きあげることにしてはどうでしょう。遺言書《ゆいごんしょ》に書いてあることは、うそではありますまい。わたしは、さっき賢吉君が帰られてから、しらべてみたのですが、いまから二十年前に潮ノ岬《しおのみさき》の沖《おき》で、東洋汽船会社《とうようきせんがいしゃ》の大洋丸《たいようまる》が沈没《ちんぼつ》したことは、たしかです。また、そのとき、引きあげ作業《さぎょう》をやろうとして、できなかったことも、まちがいありません。

やってみるだけのねうちはあります。東洋汽船会社と保険会社《ほけんがいしゃ》に相談《そうだん》して、費用《ひよう》をだしてもらって、もし金塊が見つかったら、あなたと、汽船会社と、保険会社でわけるということにして、政府《せいふ》にもことわって、海の底《そこ》をさぐってみられてはどうでしょう。」

賢吉君のおとうさんは、しばらく考えていましたが、やがて、決心《けっしん》したようにいうのでした。

「それじゃ、ひとつ海底《かいてい》の冒険《ぼうけん》をやってみましょうか。さいわい、この汽船会社《きせんがいしゃ》と保険会社《ほけんがい》社《しゃ》の重役《じゅうやく》に友人がおりますし、沈没船《ちんぼっせん》引きあげのサルベージ会社にも、したしい人がありますから、わたしが相談《そうだん》すれば、きっと承知《しょうち》してくれます。じつは、わたしは、こういう冒険がだいすきなのですよ。」

それから、いろいろ、金塊《きんかい》引きあげのことについて話しあっているところへ、電話がかかってきました。おとうさんが立っていって、受話器《じゅわき》を耳にあてますと、なんだか、みょうな音が聞こえてきました。ジャ、ジャ、ジャ、ジャという鉄《てつ》をこすりあわせているような、気味《きみ》のわるい音です。電話の故障《こしょう》かとおもいましたが、そうではありません。なにかいっているのです。

「ソコニ、アケチガイルダロ。ハナシタイコトガアル、ヨンデクレ。」

それは、人間の声とはおもえないような、ぶきみな音でした。

「あなたは、だれですか。」

「アケチノ、トモダチダ、ハヤク、ヨンデクレ。」

しかたがないので、明智《あけち》をよんで、受話器をわたしました。

「ぼくは明智だが、きみはどなたです。」

「シッテルダロ、オマエノテキダ。ヨクモ、テツノハコノナカノモノヲ、カクシタナ。オボエテイロ、キット、トリカエシテヤルゾ。アケチ、オボエテイロ。」

そしてガチャンと電話がきれました。明智《あけち》は賢吉君《けんきちくん》のおとうさんと、顔《かお》を見あわせました。

「鉄《てつ》の人魚《にんぎょ》です。やっぱり、あいつが大金塊《だいきんかい》をねらっているのです。ゆだんはなりません。一刻《いっこく》もはやく引きあげ作業《さぎょう》をしなければなりません。」

それから二週間ほどは、なにごともなくすぎさりました。そして、ある日のこと、日東《にっとう》サルベージ会社《がいしゃ》のハヤブサ丸《まる》が、大阪港《おおさかこう》から潮《しお》ノ岬《みさき》にむかって出発《しゅっぱつ》したのです。

ハヤブサ丸は、六百トンの引きあげ作業船《さぎょうせん》です。この船には、サルベージ会社の技師《ぎし》や潜水夫《せんすいふ》や船員《せんいん》のほかに、賢吉君と、おとうさんの宮田《みやた》さんと、小林少年《こばやししょうねん》が乗《の》りこんでいました。東京《とうきょう》から大阪まで電車で来て、この船に乗ったのです。小林君《こばやしくん》は明智探偵《あけちたんてい》の代理《だいり》として同行しました。そしてもし、何かむずかしいことがおこったら、無電《むでん》で明智先生《あけちせんせい》に知らせるという約束《やくそく》でした。

時は春、空は青々とはれて、畳《たたみ》のように静《しず》かな海を、ハヤブサ丸はすべるようにすすんでいます。たのしい航海《こうかい》でした。小林少年と賢吉少年《けんきちしょうねん》は、上甲板《じょうかんぱん》に出て、船尾《せんび》にあわだつ白い波《なみ》を見ながら、肩《かた》をくんで、たからかに歌をうたいました。

その夜は、美しい月夜でした。夜がふけるにつれて、ますます月はさえかえり、波にその影《かげ》をうつして、海はいちめんに銀《ぎん》ぱくをまきちらしたようです。

こうたいで持ち場についている船員《せんいん》のほかは、みんな船室《せんしつ》にはいって、ねむりについていました。トントントントンという機関《きかん》のひびき、サーッ、サーッと船が波《なみ》をきる音、こうこうと照《て》る月の下には、そのほかに、なんのもの音もありませんでした。

ひとりの船員が、甲板《かんぱん》をコツコツと歩いていました。一時間ごとの見まわりです。中央《ちゅうおう》船室の横《よこ》の、ほそい通路《つうろ》をとおって、船首《せんしゅ》のほうにでました。つりあげた救命《きゅうめい》ボートの下をくぐって、ひょいとむこうを見ると、船首のとっぱなに、黒いものがうずくまっていました。

「おやっ、あんなところに、だれかが寝《ね》ているのかしら。」

へんだとおもって、そのほうへ近づいていきましたが、どうも人間ではなさそうです。からだじゅうに大きなウロコがはえていて、それが月の光をうけて、キラキラとひかっているのです。長いしっぽがあります。頭から背中《せなか》にかけて、ギザギザのトサカのようなものが、つづいています。なんだか大きなワニのようでした。しかし、このへんにワニがすんでいるはずはありません。

船員は、背中がゾーッと、さむくなってきました。どんな動物《どうぶつ》の本にも書いてないような、へんに気味《きみ》のわるいものです。でも、こわいもの見たさで、足音をぬすむようにして、なおも近づいていきますと、その黒いやつが、首をあげて、ぐーっと、こちらをむきました。

それを、ひと目見ると、船員《せんいん》はからだがしびれたようになって、逃《に》げることも、さけぶこともできなくなってしまいました。

黒い鉄《てつ》のような大きな顔《かお》に、くぼんだ目が、リンのようにかがやいていました。耳までさけた三日月形《みかづきがた》の口から、白い牙《きば》がニューッとつきだしていました。

「ジャ、ジャ、ジャ、ジャ、ジャ……」

怪物《かいぶつ》が口を大きくひらいて笑《わら》っているのです。その笑い声は、まるで鉄をすりあわせるような、気味《きみ》のわるい音でした。

「ワーッ。」

とうとう、声がでました。船員は、死《し》にものぐるいの声をふりしぼって、助《たす》けをもとめました。

「だれか来てくれ……」

その声に、どこからか人の走る音がして、ひとり、ふたり、三人と、船員がかけつけてきました。

船首《せんしゅ》の怪物は、ひときわ大きな声で笑いながら、さっと身《み》をひるがえすと、ウロコをキラキラひからせながら、船《ふな》ばたの手すりをこして、ドボーンと海の中へとびこんでしまいました。

いそいで、船ばたにかけよって、のぞいてみると、鉄《てつ》のワニのようなやつが、船とならんで泳《およ》いでいましたが、あっとおもうまに水中深《ふか》く沈《しず》んで、海面《かいめん》から姿《すがた》を消《け》していきました。

鉄《てつ》の人魚《にんぎょ》です。鉄の小箱《こばこ》の海図《かいず》をぬすむことができなかったので、ひそかに賢吉君《けんきちくん》らのあとを追《お》い、この船までつけてきたのでしょう。海中にとびこんだといっても、あいつは、もともと海の怪物《かいぶつ》です。船とおなじ速《はや》さで、泳いでいるのかもしれません。そして、どこまでもしゅうねん深《ぶか》く、賢吉君たちのあとを追ってくるのかもしれません。

船室《せんしつ》の骸骨《がいこつ》

小林少年《こばやししょうねん》は、このできごとを、無電《むでん》で東京《とうきょう》の警視庁《けいしちょう》に知らせ、そこから明智探偵事務所《あけちたんていじむしょ》へ伝《つた》えてもらいました。

それからは、べつだんのできごともなく、ハヤブサ丸《まる》は潮ノ岬《しおのみさき》の沖《おき》につきました。宮田《みやた》さんの手にいれた海図には、大洋丸《たいようまる》の沈《しず》んだ位置《いち》の緯度《いど》と経度《けいど》が、ちゃんとしるしてありますから、その位置《いち》の海底《かいてい》を、水中探測機《すいちゅうたんそくき》でさぐればよいのです。

水中探測機というのは、船から超短波《ちょうたんぱ》を発《はっ》して、それが海底にぶつかって、もどってくる時間がグラフになって、紙の上にあらわれるようになっている機械《きかい》です。そのグラフの曲線《きょくせん》で海の深《ふか》さがわかるのですが、もし沈没船《ちんぼつせん》があれば、そこだけ、きゅうにふくらんだ線になってあらわれるので、それとさっしがつくわけです。

ハヤブサ丸《まる》は、海図《かいず》にしるしてある海面《かいめん》を行ったり来たりして、くりかえし水中探測機のグラフをしらべました。そして、その曲線のふくらみが、海底の岩やなんかでなくて、沈没船にちがいないことをたしかめたのです。

海面から沈没船の上部までは、わずかに三十メートルほどでした。これなら、金塊《きんかい》だけでなく、大洋丸《たいようまる》そのものも、引きあげることができるかもしれません。大洋丸の船長《せんちょう》が、正しい沈没の位置《いち》をかくしていたばっかりに、貴重《きちょう》な金塊や鉄材《てつざい》が、二十年も海底にねむっていたのです。

沈没船の位置がわかると、いよいよ潜水夫《せんすいふ》をもぐらせてみることになりました。金塊が、大洋丸のどこにつんであったかは、船長の遺言書《ゆいごんしょ》にも書いてありませんので、それをさがすだけでもたいへんです。ですから、すぐに金塊を引きあげるわけではなく、まずその沈没船が、はたして大洋丸かどうかをしらべるための潜水です。

その日は、空が青々とはれわたったよい天気で、風もなく、波《なみ》もなく、潜水《せんすい》にはもってこいの日よりでした。

サルベージ会社の人たちは、ふたりの屈強《くっきょう》な潜水夫《せんすいふ》をえらびだして、ゴムの潜水服《せんすいふく》を着《き》せ、真鍮《しんちゅう》の潜水かぶとをかぶせてやり、かぶとの中へ空気をおくる送気《そうき》エンジンの用意《ようい》をしました。

ふたりの潜水夫は、ハヤブサ丸《まる》の外側《そとがわ》にとりつけてある、直立の鉄《てつ》ばしごをおりて、タコのおばけのような丸い頭をふりながら、いのち綱《づな》と、ゴムホースのような送気管《そうきかん》と、それにまきついている電話線を引きずるようにして、つめたい水の中へ、はいっていきました。

船の上では、船長《せんちょう》や汽船会社《きせんがいしゃ》の人たちや、この引きあげ作業《さぎょう》の団長《だんちょう》である宮田《みやた》さんなどにまじって、賢吉少年《けんきちしょうねん》と小林少年《こばやししょうねん》とが、海中に異様《いよう》な姿《すがた》を沈《しず》めていく潜水夫たちを、じっと見まもっていました。

ふたりの潜水夫は、右手には、なにかをこじあけるための鉄棒《てつぼう》のようなものを持ち、左手には、暗《くら》い沈没船《ちんぼつせん》の中をてらすための、水中電灯《すいちゅうでんとう》をさげていました。

潜水夫たちは、足のうらにつけた、大きなナマリのおもりや、胸《むね》にさげたナマリのおもりの力で、ぐんぐん水の中を沈んでいきます。沈むにつれて、下のほうから巨大《きょだい》な船体が

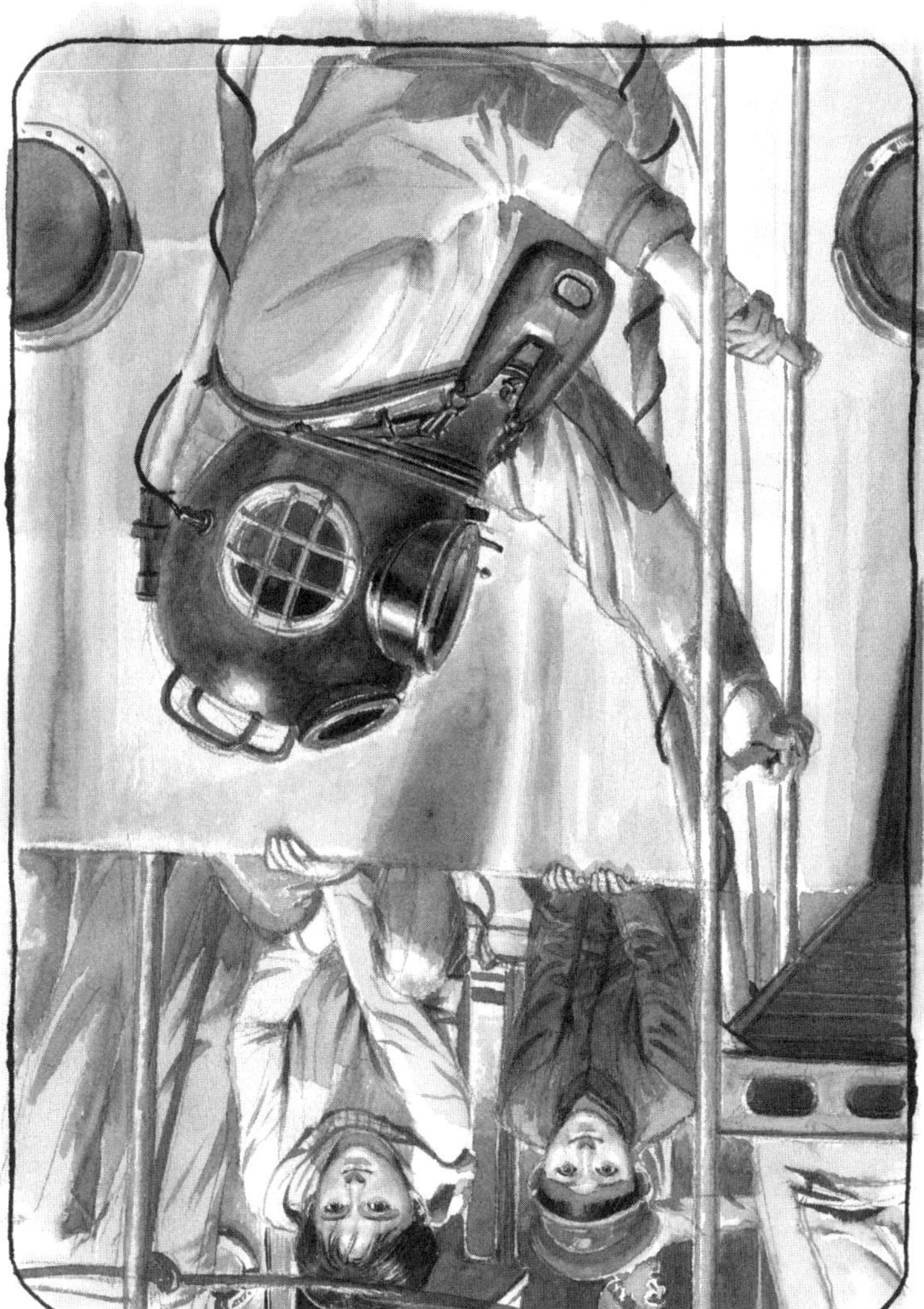

見えてきました。二十年もたっているので、水の中のゴミがつもり、そこから海草がはえ、また貝がらがいっぱいついていて、鉄《てつ》の船というよりは、海の底《そこ》の大きな岩山のように見えるのでした。船体は、三十度《ど》ぐらい横《よこ》にかしいで沈《しず》んでいました。甲板《かんぱん》がきゅうな坂のようにかたむいているのです。ふたりの潜水夫《せんすいふ》がおりたのは、沈没船《ちんぼつせん》の船首《せんしゅ》に近いところでした。彼《かれ》らは船首の外側《そとがわ》にたどりついて、鉄棒《てつぼう》で貝がらなどをけずりとり、水中電灯《すいちゅうでんとう》をふりてらして、船の名が書いてある場所《ばしょ》をさがしました。そして、なんなく、それが大洋《たいよう》丸《まる》にちがいないことを、たしかめたのでした。

それから、ふたりは、かたむいた甲板をよじのぼるようにして、ハッチ*をさがしました。それも、じき見つかったので、ふたりはそこからせまい階段《かいだん》をおりて、下の船室《せんしつ》へはいっていきました。その鉄の階段にも、いちめんに貝がらがくっついているので、まるで岩のほら穴《あな》の中へでも、はいっていくような感じです。

階段をおりたところに、広い部屋《へや》がありました。いや、部屋というよりは、大きなほら穴《あな》です。かたむいた床《ゆか》には、二十年のゴミがたまり、そこから人間の胸《むね》までもあるような、長いコンブのような海草がいっぱいはえていて、歩くこともできないほどです。

そこは上甲板《じょうかんぱん》の下で、貴重品室《きちょうひんしつ》などのあるところですから、潜水夫たちは、それをさがすためにおりてきたのですが、壁《かべ》はすっかり貝がらにおおわれていて、どこにドアがある

＊ 甲板から船の中へおりる出入り口

かもわからないほどで、とても、金塊《きんかい》のありかを見つけだす見こみはありません。船室《せんしつ》の床《ゆか》も、三十度《ど》かたむいているのですから、ナマリの靴《くつ》で歩くたびに、ずるずるとすべります。しかし、陸上《りくじょう》とちがって、すべっても、ころぶようなことはありません。水の中でからだが軽《かる》くなっているからです。

足がすべると、海草の根《ね》に十センチもたまっているゴミが、むらむらと目の前にわきあがり、むこうが見えなくなってしまいます。また、海草のあいだにかくれていたさかなが、むれをなして逃《に》げだします。それが水中電灯《すいちゅうでんとう》の光の中をとおると、ウロコが金色、銀色《ぎんいろ》にかがやいて、じつに美しいのです。

潜水夫《せんすいふ》は、手くびまではゴムの潜水服《せんすいふく》ですが、指《ゆび》には軍手《ぐんて》をはめていました。そのほうが仕事《しごと》がしやすいからです。ひとりの潜水夫が、かたむいた床にすべって、どろどろしたゴミの中に手をつきました。すると、その手になにかみょうな、かたいものがさわりました。

「おい、ほとけ*さまだぜ。」

陸上ならば、そういってなかまに知らせるのですが、潜水服では、おたがいに話もできません。水中電灯を、二、三度、横《よこ》にふって、こちらを見よというあいずをしました。そして、ゴミの中のかたいものを、ひろいあげ、電灯の前に持ちあげました。

＊ 死者のこと

それは骸骨《がいこつ》の頭でした。黒いほら穴《あな》のような目、くいしばった長い歯《は》のれつ。潜水夫《せんすいふ》は、沈没船《ちんぼっせん》の骸骨にはなれていたのですが、やっぱりぶきみです。するとひとりの潜水夫が、電灯《でんとう》の光の前に手を出しました。その手は、骸骨の足の骨《ほね》をにぎっていたではありませんか。

それから、水中電灯《すいちゅうでんとう》を床《ゆか》のゴミのそばに近づけてさがしてみると、手や足やあばらの骨が、つぎつぎとあらわれてきました。大洋丸《たいようまる》の船員《せんいん》が、この部屋《へや》で死んでいたのです。それが、いまではバラバラの骨ばかりになってのこっていたのです。

怪物《かいぶつ》！　怪物！

ふたりの潜水夫は、骸骨を見て、気味《きみ》わるくおもいましたが、こわがるというほどではありませんでした。彼《かれ》らは力の強い屈強《くっきょう》の若者《わかもの》で、ちょっとぐらいのことにおどろくような弱虫《よわむし》ではなかったのです。

ところが、その勇敢《ゆうかん》な潜水夫が、あまりのおそろしさに、ガタガタふるえだすようなことがおこりました。

ふたりが、骸骨を見つけたあとで、なおもおく深《ふか》くすすもうとしていますと、水中電灯の光がかすかにてらしている、むこうのほうの海草が、ゆらゆらと動《うご》いているのに気づきました。さっきからふたりが歩くたびに、そのまわりの海草がゆれ動いてはいましたが、そんな遠くのほうの海草が動くのはへんです。なにか大きなさかなでもかくれているのではないでしょうか。そのへんの海には、ずいぶん大きなさかながいます。また、びっくりするような巨大《きょだい》なカニなども、すんでいるのです。ふたりは、海草のうしろから、なにがとびだしてくるのかと、おもしろはんぶんに、水中電灯《すいちゅうでんとう》をてらしながらそのほうへ近づいていきました。

見ると、ゆらゆらゆれている、コンブのような海草のあいだから、ニューッと、黒っぽいものが出てきました。カニの足かもしれません。それにしても、おそろしく大きなふとい足です。

その黒っぽい足のようなものは、さきがいくつにもわかれて、キューッとまがっていました。そのひとつひとつに、するどいツメのようなものがついています。まるで人間の指《ゆび》のようです。しかし、こんな黒い人間の指があるでしょうか。

潜水夫《せんすいふ》たちは、そこで立ちすくんでいました。なんだか、こわくなってきたからです。

その黒い腕《うで》がぐーっとのびて、黒い肩《かた》があらわれ、それから、顔《かお》のようなものが、ひょいとのぞきました。

それを見ると、こちらは、潜水《せんすい》かぶとの中で、「あっ」と声をたてました。リンのようにまっさおにひかっている、大きな二つの目、耳までさけたおそろしい口、その口から白い牙《きば》が二本、ニューッとつきだしています。そして、鉄《てつ》のような黒い頭の上には、するどくとんがった、トサカのようなギザギザがあるのです。

潜水夫《せんすいふ》たちは、まだ鉄の人魚《にんぎょ》を見てはいないのです。しかし、そいつがハヤブサ丸《まる》の甲板《かんぱん》に寝《ね》そべっていたという話は聞いていました。こいつこそ、その鉄の人魚にちがいありません。やっぱり、怪物《かいぶつ》はハヤブサ丸のあとをつけて、潮ノ岬《しおのみさき》までやってきたのです。はやくも大洋丸《たいようまる》の船室の中へはいりこんでいたのです。

潜水夫たちが、ふるえあがって逃《に》げだそうとしていますと、怪物は、もう全身《ぜんしん》をあらわして、パッとこちらへとびかかってきました。ああ、そのおそろしさ！　それは映画《えいが》の中で、機関車《きかんしゃ》がばくしんしてくるのににていました。

青くひかる二つの目が、白い牙《きば》が、水の中を、とびつくように、ばくしんしてきたのです。

「人魚だあ！　鉄の人魚だあ！　引きあげてくれえ、はやく、引きあげてくれえ！」

潜水夫たちは、かぶとの中で、声をかぎりにさけびました。その声は、むろん、電話線でハヤブサ丸の上につうじるのです。

そして、もがくようにして、船室《せんしつ》から逃《に》げだそうとしました。怪物《かいぶつ》は、そのうしろから、おそろしい手をのばして、せまってきます。

逃げおくれたひとりの潜水夫《せんすいふ》は、あっというまに足をつかまれました。するどい五本のツメが、ぐっと潜水服《せんすいふく》にくいこんだのです。

もう死《し》にものぐるいでした。右手の鉄棒《てつぼう》をふりあげて、めちゃくちゃに怪物をたたきつけ、もがきにもがいて、やっと足をはなしました。

そして、ふたりとも、船室からハッチへと浮《う》きあがることができたのです。怪物はなぜか、そこまでは追《お》いかけてきませんでした。

魚形潜航艇《ぎょけいせんこうてい》

潜水夫たちがハヤブサ丸《まる》に帰《かえ》って、怪物のことを報告《ほうこく》しますと、船の中は大さわぎになりました。宮田《みやた》さんをはじめ、おもだった人たちが、いそいで船長室に集《あつ》まり、相談《そうだん》をはじめました。

「やっぱり、この船についてきたのですね。むろん金塊《きんかい》をぬすみだすつもりでしょう。なんとかして、それをふせがなければなりません。」

宮田《みやた》さんが、あおざめた顔《かお》で心配《しんぱい》そうにいいました。すると、船長《せんちょう》もうなずいて、

「こんな怪物《かいぶつ》は、われわれの手では、どうすることもできません。場合《ばあい》によっては、海上《かいじょう》自衛隊《じえいたい》の応援《おうえん》をたのまなければなりますまい。海の中へ大砲《たいほう》でもうちこんで、ころしてしまうほかはありません。いずれにしても、無電《むでん》で本社へ相談《そうだん》します。そして大阪《おおさか》から、応《おう》援隊《えんたい》を送《おく》ってもらいます。」

すると、その席《せき》にいたサルベージ会社の技師《ぎし》が、口をひらきました。

「それにしても、時間がかかりますね。怪物はもう金塊《きんかい》のありかを、さがしだしたかもしれませんよ。そして、ぬすみだされてしまったら、もうおしまいです。……船長、あれをつかってみたらどうでしょう。」

「ダイビング・ベルかね。」

「そうです。あれにぼくがはいって、怪物を見まもっているんです。いくら鉄《てつ》の人魚《にんぎょ》でも、あの機械《きかい》なら、どうすることもできないでしょう。」

「うん、そうでもするほかはないね。じゃあ、きみがはいってくれるか。」

ダイビング・ベルというのは、あつい鉄でできた大きな玉のような潜水機《せんすいき》です。その中に人間がはいって、海の底《そこ》へ沈《しず》むのです。

鉄の玉には、あつい ガラス窓《まど》があり、その上にサーチライトのような強い水中電灯《すいちゅうでんとう》がつ

いていて、海の中がよく見えるのです。

また、その鉄《てつ》の玉には二本の鉄の腕《うで》があって、そのさきは、ものをはさむ大きなツメになっています。鉄のツメです。

サルベージ会社では、潜水夫《せんすいふ》がもぐれないような深《ふか》い海底《かいてい》の仕事《しごと》をするときに、この潜《せん》水機《すいき》をつかうのですが、船長《せんちょう》は、まんいちのことを考えて、その機械《きかい》を船につんできたのです。

ハヤブサ丸《まる》には、重い潜水機をあつかうための小型《こがた》のクレーンがそなえてありました。数名の船員《せんいん》が、クレーンを動《うご》かして、ワイヤロープで、船倉《せんそう》から潜水機をつりあげ、その中へ技師《ぎし》がはいりました。それから、機械を密閉《みっぺい》すると、クレーンのむきをかえて海面《かいめん》につきだし、そろそろと、潜水機を海の中へおろすのでした。

潜水機の中は、ちょうど飛行機《ひこうき》の操縦室《そうじゅうしつ》のようにこしかけたまま、なんでもできるようになっていました。席《せき》の前にいくつもボタンがついていて、それをおせば、外の鉄の腕《うで》や、鉄のツメを自由《じゆう》に動かすことができるのです。

技師は、ガラスののぞき窓《まど》から、じっと海の中を見ていました。機械はぐんぐんさがっていきます。窓の上の強い電灯《でんとう》の光で、十メートルさきまでも、はっきり見えます。その光の中を、大小さまざまの魚類《ぎょるい》が、右に左に泳《およ》いでいるさまは、じつに美しいけしきでした。

潜水機《せんすいき》は、沈没船《ちんぼつせん》のハッチの中へははいりませんから、ハッチの入り口のそばまでいって、そこで見はっているつもりなのです。

窓《まど》から見ていると、海底《かいてい》の沈没船が、だんだん大きくなってきます。つまり、こちらがそのほうへ近づいていくのです。

「おや、おそろしく大きなさかなだぞ。」

技師《ぎし》はおもわず、ひとりごとをいいました。電灯《でんとう》の光もとどかない、ずっとむこうのほうから、クジラの子どもとでもいうような、でっかいさかなが、こちらへやってくるのが見えたからです。

このへんにもクジラがこないとはいえませんが、どうもクジラともちがっていました。それに、おかしいのは、目がおそろしく大きくて、自動車《じどうしゃ》のヘッドライトみたいに、ギラギラひかっていることです。まるでメダカのように目が大きくて、しかもメダカの何万倍《ばい》もある図体《ずうたい》をしているのです。こんなへんなさかなが、ほんとうにいるのでしょうか。

そんなことを考えているうちに、その巨大《きょだい》なさかなは、だんだんこちらへ近づいてきました。目が大きいばかりでなく、口が五月のぼりのコイのように、まんまるです。そして、その口がすこしも動《うご》かないのです。目の光は、ますます強くなってきました。まるでサー

チライトのように、その前の水が、パッと明るくてらされているではありませんか。巨大《きょだい》なさかなの背中《せなか》には、すきとおった空気袋《くうきぶくろ》のようなものがついています。ひらべったい袋です。

「や、や、あれはさかなじゃない。潜航艇《せんこうてい》だっ。魚形潜航艇《ぎょけいせんこうてい》だっ。」

技師《ぎし》はおもわず、とんきょうな声でさけびました。それは鉄《てつ》でできていたのです。二つの目と見えたのは、潜航艇のヘッドライトだったのです。あのまるい口は、ひょっとしたら、大砲《たいほう》の筒先《つつさき》なのかもしれません。

それにしても、このへんてこな潜航艇は、いったい、どこの国からやってきたのでしょう。いやいや、どこの国でもない。これはきっと、悪魔《あくま》の国からやってきたのにちがいありません。

海底《かいてい》の大闘争《だいとうそう》

「おやっ、へんなものがいるぞ、いったい、あれはなんだろう。」

技師はギョッとして、潜航艇の背中《せなか》を見つめました。前についている二つの目玉の光が、あまり強いので、背中のほうはよく見えなかったのですが、そこに、おそろしいものが、

＊海にもぐってすすむ小型《こがた》の潜水艦《せんすいかん》

うずくまっていたのです。

鉄《てつ》の人魚《にんぎょ》です。鉄の顔《かお》、鉄のトサカ、耳までさけた口から、二本の牙《きば》がニューッとつきだしていて、からだはワニのような怪物《かいぶつ》です。そいつが、魚形潜航艇《ぎょけいせんこうてい》の背中《せなか》に、ヤモリのようにペッタリくっついて、青くひかる目で、じっとこちらをにらんでいるのです。

技師《ぎし》は、鉄の玉の中にはいっているのですから、どんな怪物がやってきてもへいきなのですが、しかし、彼《かれ》は、鉄の人魚の姿《すがた》のおそろしさに、ゾーッとして、からだがすくんでしまいました。

魚形潜航艇は、すぐ目の前にきていました。むこうは、自由《じゆう》じざいに動《うご》けるのに、こちらはハヤブサ丸《まる》からロープでつりさげられているのですから、逃《に》げることもできません。

技師は潜水機《せんすいき》の中にある電話機《でんわき》をとってさけびました。

「はやく引きあげてくれえ……。おそろしい潜航艇《せんこうてい》がやってきた。その背中に、鉄の人魚が乗《の》っている……」

「なに、潜航艇だって？　それはほんとうかっ。」

ハヤブサ丸の船長の声が、聞きかえしてきました。

「そうだ。さかなの形《かたち》をした、おそろしい潜航艇だ。もう目の前に近づいてきた。あぶない。はやく、はやく引きあげてくださいっ。」

すると、ハヤブサ丸《まる》では、引きあげ作業《さぎょう》をはじめたらしく、潜水機《せんすいき》はすこしずつ、上のほうへのぼっていきます。

そのとき、ギョッとするようなことがおこりました。

目の前の、魚形潜航艇《ぎょけいせんこうてい》の、まるい口のような穴《あな》から、ヘビの舌《した》みたいな長い黒い棒《ぼう》が、パッととびだしてきたのです。その棒のさきは二つにわれていて、ものをはさむようになっていました。そして、そのはさみが、技師《ぎし》の乗《の》っている潜水機の上のほうへ、のびてきたのです。

技師はいそいで、上にひらいている小さなガラス窓《まど》からのぞきました。あっ、怪物《かいぶつ》の鉄《てつ》のはさみは、潜水機をつりあげているロープを、はさもうとしているではありませんか。

「たいへんだあ。敵《てき》はロープをきろうとしている。はやく、はやく、もっとぐんぐん、引きあげてくれっ。」

ハヤブサ丸では、ロープまきとりのエンジンを、いっそう速《はや》く回転《かいてん》させました。その力で、潜水機がグラッとゆれて、真上《まうえ》にいる魚形潜航艇にぶっつかりそうです。

技師は、前にあるハンドルを、めちゃくちゃにまわしました。すると、潜水機の外につきだしている鉄の腕《うで》が、左右にグッグッと動《うご》いて、潜航艇の横《よこ》はらをたたきつけました。艇《てい》の背中《せなか》にしがみついている鉄の人魚《にんぎょ》が、ぐっとこちらに首をのばして、リンのようにひかる目でにらみつけました。

技師《ぎし》は、またハンドルを、ガチガチやります。鉄《てつ》の腕《うで》が怪物《かいぶつ》のほうにのびて、ワニのようなしっぽを、つかみそうになりました。

潜航艇《せんこうてい》の鉄の舌《した》と、潜水機《せんすいき》の鉄の腕の、おそろしいつかみあいです。機械《きかい》と機械のたたかいです。

海底《かいてい》の水はうずをまいてあわだち、さかなどもは逃《に》げまわり、まるい鉄の潜水機は、ブランブランとゆれ動《うご》き、潜航艇はロープをはなすまいと、右に左にしっぽをふり、鉄の人《にん》魚《ぎょ》は、その背中《せなか》の上であばれまわり、命《いのち》がけのたたかいがつづけられました。

しかし、ついに、鉄のはさみの力よりも、ハヤブサ丸《まる》のまきあげ機《き》の力が強かったのです。ロープはぐんぐんまきあげられ、潜水機は鉄のはさみをふりはなして、海面《かいめん》へと引きあげられてきました。

潜水機から出て、ハヤブサ丸の甲板《かんぱん》にあがった技師《ぎし》は、全身《ぜんしん》びっしょりのあせでまっ赤になった顔《かお》から、ボトボトとあせがしたたっていました。彼《かれ》はひとやすみすると、船長《せんちょう》や賢吉君《けんきちくん》のおとうさんなどに、海底のたたかいのもようを、くわしく話して聞かせました。

「敵《てき》が潜航艇を持っていようとはおもいませんでした。鉄の人魚には、たくさんのなかまがあるのです。これではとても、かないっこありません。こちらは、自由《じゆう》のきかない潜水機しかないのに、敵《てき》は海の底《そこ》を走りまわる、潜航艇《せんこうてい》を持っているのです。いよいよ爆雷《ばくらい》*でもなげこむほかはないですね。」

もう海上自衛隊《かいじょうじえいたい》の応援《おうえん》をたのむしかありません。船長《せんちょう》は大阪《おおさか》の支社《ししゃ》へ無電《むでん》をうって、ことのしだいを知らせました。するとそれにこたえて、支社から、みんなをびっくりさせるような無電が返《かえ》ってきたのです。

「アケチタンテイ、ユウリョクナブキヲモチ、ケサ、シュッパツシタ。ゴゴ五ジ、ソチラニツクハズ。」

ああ、明智探偵《あけちたんてい》が来るというのです。しかも、有力《ゆうりょく》な武器《ぶき》を持って、やってくるというのです。人びとはこおどりして、おもわずばんざいをさけびました。

明智探偵《あけちたんてい》きたる

午後五時といえば、もう一時間あまりのちです。みんなは、そのまま甲板《かんぱん》に立ちつくして、明智の乗《の》っている船が来るのを待っていました。

「有力《ゆうりょく》な武器《ぶき》って、いったいなんだろうね。いくら名探偵《めいたんてい》でも、敵《てき》が魚形潜航艇《ぎょけいせんこうてい》を持っているとは知らなかっただろうから、あれに勝《か》てるような武器を持ってくるかどうか、心配《しんぱい》

＊水中で一定の深さに達すると爆発する潜水艦攻撃用《せんすいかんこうげきよう》の兵器

だね。」

船長《せんちょう》は技師《ぎし》にむかって、そんなことをささやいていました。無電《むでん》で問《と》いあわせても、武器《ぶき》のことはなにもこたえないのです。

こちらでは小林少年《こばやししょうねん》と賢吉少年《けんきちしょうねん》が、明るい顔《かお》で話しあっていました。

「小林さん、さすがは明智先生《あけちせんせい》だねえ。きのう、この船からきみがうった無電で、鉄《てつ》の人魚《にんぎょ》がついてきたことを知って、先生はすぐに大阪《おおさか》へこられたんだね。きっと飛行機《ひこうき》だよ。そしてけさはやく、大阪港《おおさかこう》を出発《しゅっぱつ》されたんだね。それにしても、有力《ゆうりょく》な武器ってなんだろう?」

「ぼくも知らないよ。先生はいつも、ぼくたちよりも、ずっとさきのことを考えていらっしゃる。だから、この事件《じけん》をひきうけられたときに、ちゃんと武器の用意《ようい》ができていたのかもしれないよ。もうだいじょうぶだ。先生がきてくだされば、もうしめたもんだよ。」

小林君《こばやしくん》は、うれしそうに、にこにこしていうのでした。

やがて、はるか水平線《すいへいせん》のかなたにひとすじの煙《けむり》が見え、双眼鏡《そうがんきょう》をのぞくと、そこに白い汽船の小さな姿《すがた》があらわれました。商船会社《しょうせんがいしゃ》のカモメ丸《まる》という快速船《かいそくせん》です。それは潮ノ岬《しおのみさき》を通る定期客船《ていききゃくせん》ですが、ひじょうに速力《そくりょく》の速《はや》い船なので、明智はそれに乗《の》ってくるということが、無電でわかっていたのです。

船体をまっ白にぬったカモメ丸《まる》は、みるみる大きくなってきました。ハヤブサ丸の甲板《かんぱん》の人たちはハンカチをふり、ばんざいをとなえて、これをむかえました。

美しいカモメ丸は、五十メートルほどむこうの海面《かいめん》にとまり、ボートがおろされています。むこうの甲板にも、船客《せんきゃく》たちがすずなりになって、こちらを見ています。きっと金塊《きんかい》引《ひ》きあげのうわさを聞いていたのでしょう。

おろされたボートは、四人の水夫《すいふ》がオールをこいで、一直線《いっちょくせん》にこちらへ近づいてきました。ばんざいの声が、ハヤブサ丸の甲板にどよめきました。

ボートの中にすっくと立っているのは、われらの名探偵明智小五郎《めいたんていあけちこごろう》でした。せいの高いからだによくにあう黒の背広《せびろ》、モジャモジャ頭を風になびかせ、右手を高くあげてあいさつしています。

「おやっ、あれはなんだろう。海ぼうずみたいなものが、やってきたぞ。」

だれかがどなりました。見ると、カモメ丸の船尾《せんび》のほうから、黒い大きな怪物《かいぶつ》が、ボートのあとを追《お》って、こちらへやってくるではありませんか。背中《せなか》に大きなコブのある、クジラのような黒いやつです。よく見ると、背中のコブの上に、ほそい鉄《てつ》の棒《ぼう》のようなものが立っています。小林君《こばやしくん》がさけびました。

「賢《けん》ちゃん、あれペリスコープだよ。潜航艇《せんこうてい》の中から海の上を見る潜望鏡《せんぼうきょう》だよ。だから、あれは潜航艇《せんこうてい》なんだ。ワーッ、すてき。ぼくたちの潜航艇が来たんだよ。」

「ほんとだよ。もうだいじょうぶだね。あれで、敵《てき》の魚形潜航艇《ぎょけいせんこうてい》をやっつけちゃうんだ。ねえ小林《こばやし》さん、明智先生《あけちせんせい》はえらいねえ。」

ふたりの少年は、おどりあがってよろこぶのでした。甲板《かんぱん》の人たちも、味方《みかた》の潜航艇が来たというので、おおさわぎです。またしてもばんざい、ばんざいの声がわきあがりました。

やがてボートはハヤブサ丸《まる》に横《よこ》づけになり、明智《あけち》は鉄《てつ》ばしごをのぼって、甲板に姿《すがた》をあらわしました。そして、すがりついていく小林君《こばやしくん》の肩《かた》をだきながら、賢吉君《けんきちくん》のおとうさんと船長《せんちょう》と技師《ぎし》とにあいさつし、おたがいの報告《ほうこく》をとりかわすのでした。おおぜいの船員《せんいん》たちが、そのまわりをぐるっととりまいて、名探偵《めいたんてい》の姿に見いっています。

「そうでしたか。敵《てき》も潜航艇を持っていたのですか。ぼくはそこまで考えなかったけれども、鉄の人魚《にんぎょ》をやっつけるのには、潜航艇がなくてはだめだとおもったので、さいしょからその用意《ようい》をしていたのです。いま、日本には、むかし海軍《かいぐん》でつかったような潜航艇はないけれども、民間《みんかん》でつくった海底遊覧用《かいていゆうらんよう》の小型潜航艇《こがたせんこうてい》が、東洋汽船会社《とうようきせんがいしゃ》に保管《ほかん》されていることを知ったので、それに手入れをして、いつでも動《うご》くように、用意させておいたのです。そういう潜航艇ですから、水雷《すいらい》を発射《はっしゃ》することはできませんが、形《かたち》は海軍の潜航艇をそのまま小さくしたようなものです。敵《てき》をおどかすのにはじゅうぶんです。」

その潜航艇《せんこうてい》は神戸《こうべ》から大阪《おおさか》にまわしてあったので、それをカモメ丸《まる》に引かせて、ここまで持ってきたのです。

それから、しばらく相談《そうだん》をしたあとで、明智《あけち》はつぎのような案《あん》を出しました。

「あの潜航艇には、腕《うで》のある操縦士《そうじゅうし》がふたり乗《の》っています。やりかたをよくおしえたうえ、あれを大洋丸《たいようまる》のそばへ沈《しず》めるのです。そして、敵の魚形潜航艇《ぎょけいせんこうてい》を、遠くのほうへおびきだします。三十分ぐらいはかならず、大洋丸から遠ざけておきます。われわれの潜航艇には無電装置《むでんそうち》がありますから、刻々《こっこく》その報告《ほうこく》をうけることができます。

そして、その三十分のあいだに、この船から潜水夫《せんすいふ》がもぐり、大洋丸の中をさがして、金塊《きんかい》のありかをさがすのです。三十分ずつにくぎって、なん度《ど》でも、それをくりかえすことができます。」

そこで、ともかく、その方法《ほうほう》でやってみることになり、操縦士をよんでくわしくさしずをしたうえ、潜航艇を沈めることになりました。いよいよ、明智の潜航艇と敵の魚形潜航艇とのたたかいがはじまるのです。

だんだら怪人《かいじん》

大洋丸《たいようまる》の沈《しず》んでいる海底《かいてい》には、魚形潜航艇《ぎょけいせんこうてい》がゆうゆうと泳《およ》ぎまわっていました。その背《せ》中《なか》には、やっぱり、鉄《てつ》の人魚《にんぎょ》がうずくまっています。この怪物《かいぶつ》は、潜航艇《せんこうてい》の上部《じょうぶ》のガラス窓《まど》から、中の手下《てした》たちにさしずをしているのでしょう。まるで将軍《しょうぐん》が馬にまたがるように、潜航艇にまたがっているのです。

そこへ、ふいに水がさわいで、上のほうから、スーッと大きな黒いものがおりてきました。明智《あけち》の潜航艇です。この潜航艇は遊覧用《ゆうらんよう》のものですから、前と横《よこ》とに、あついガラスの窓がついています。その窓から艇内《ていない》の電灯《でんとう》の光がもれているのです。それを遠くから見ると、へんなところに三《み》つ目《め》のある怪物《かいぶつ》のようです。

鉄の人魚はそれに気づくと、ギョッとしたように身《み》がまえをして、じっとそのほうをにらんでいます。

潜航艇は魚形艇《ぎょけいてい》とおなじ深《ふか》さまで沈《しず》むと、そこにとまって、いきなり、艇内《ていない》の電灯をパッパッと、つけたり消《け》したりしはじめました。そのたびに、三つのガラス窓が、またたきでもするように、暗《くら》くなったり、明るくなったりするのです。

これは、明智探偵《あけちたんてい》にいいつけられたとおり、光によるモールス信号《しんごう》[*1]を発《はっ》しているのです。トン・トン・ツーという、あの電信《でんしん》のモールス信号を、光によってやっているのです。怪物団《かいぶつだん》のほうにも、モールス信号ぐらい、わかるやつがいるだろうと、それをためしているのです。

すると、魚形潜航艇《ぎょけいせんこうてい》の二つの目が、パチパチとまばたきはじめました。モールス信号が、わかるという答えです。そこでこちらは、ほんとうの通信《つうしん》をおくりました。

「スグニココヲ、タチノケ。タチノカナケレバ、スイライヲ、ハッシャスルゾ。」

[*2]水雷《すいらい》なんか持っていないのですが、こちらは海軍《かいぐん》の潜航艇とおなじ形《かたち》ですから、そういえば、敵《てき》はおどろくにちがいないのです。

あんのじょう、魚形潜航艇は動《うご》きだしました。大洋丸《たいようまる》のそばをはなれて、どこかへ逃《に》げていくのです。

こちらは、すかさずそれを追《お》っかけます。二せきの小型潜航艇《こがたせんこうてい》は海底競走《かいていきょうそう》です。二つ目玉の小クジラを追う、三《み》つ目《め》の怪物《かいぶつ》、それの通過《つうか》する道、海水はさかまき、さかなどもははねとばされ、長い海草《かいそう》は、あらしにふきつけられたようにみだれさわぎ、すさまじい海の底《そこ》の追いかけっこです。

明智のほうの潜航艇は、なんといっても遊覧用《ゆうらんよう》ですから、それほどの速力《そくりょく》はありません。

＊1　アメリカのサミュエル・モースが考案した通信符号《つうしんふごう》。長短二つの組み合わせによって文字をあらわす。トン・ツーともいう
＊2　多量の爆薬《ばくやく》をつめ、水中で爆発させて、敵の艦船《かんせん》を破壊《はかい》する装置

ざんねんながら、魚形艇《ぎょけいてい》の速力《そくりょく》にはかなわないのです。だんだん、あいだがへだたっていくばかりでした。

　そして、五分ほど追《お》っかけているうちに、あいてを見うしなってしまいました。あいては、二つ目玉のようなヘッドライトを消《け》したのです。そして、海の底《そこ》の暗闇《くらやみ》にまぎれて、どこかへ見えなくなってしまったのです。こちらの操縦《そうじゅう》士《し》たちは、なんだか敵《てき》がパッとかき消《け》すように見えなくなったような気がしました。忍術《にんじゅつ》でもつかったような感じでした。

　しかしともかく、敵を追っぱらったのですから、あとは、大洋丸《たいようまる》のまわりをぐるぐるまわって、警戒《けいかい》さえしていればよいのです。そこで、ハヤブサ丸の明智探偵《あけちたんてい》に、無電《むでん》をうちました。

「テキテイモ、テツノニンギョモ、ニゲサッタ。ホンテイハ、フキンノ、ケイカイニアタル。スグ、センスイフヲイレヨ。」

　その無電をうけたハヤブサ丸では、ちゃんと用意《ようい》をして待っていたひとりの潜水夫《せんすいふ》を、すぐに大洋丸へともぐらせました。いちばん腕《うで》ききの潜水夫です。

　右手に鉄棒《てつぼう》、左手に水中電灯《すいちゅうでんとう》をさげた潜水夫は、一度《ど》はいったことのある船室《せんしつ》へと、ハッチをくだっていきました。鉄《てつ》の人魚《にんぎょ》は逃《に》げさったというのですから、なにもこわいものはありません。金塊《きんかい》のありかさえ、さがしだせばよいのです。

水中電灯《すいちゅうでんとう》をふりてらしながら、広い船室の中をあちこち見まわっていますと、一方の壁《かべ》に、大きな四角な穴《あな》があいているのに気づきました。「おやっ」とおもってよく見ると、貝がらがいっぱいついていて、よく見わけられなかったのですが、そこにドアがあって、それがひらいていたのです。

ひとりでにひらくわけはありません。何者《なにもの》かが、自分よりさきに来てドアをひらいたのです。潜水夫《せんすいふ》はそこまで考えると、ギョッとして、立ちすくんでしまいました。鉄《てつ》の人魚《にんぎょ》は、もういないはずです。では、何者がひらいたのでしょう。

それとも、もしかしたら、怪物団《かいぶつだん》のやつがここをひらいて、とっくに金塊《きんかい》をぬすみだしてしまったのではないでしょうか。いずれにしても一大事《いちだいじ》です。彼《かれ》はそれをたしかめるために、電灯《でんとう》をふりかざして、そっと、ドアのむこうをのぞいてみました。

すると、その小さな部屋《へや》の中に、ぼんやりとひかっているものがあるのです。水中電灯が、部屋の床《ゆか》においてあるのです。ハッとして、なおよく見ると、おお、そこには、じつに気味《きみ》のわるいへんなやつが、うごめいていたではありませんか。

そいつは人間の形《かたち》をしていました。しかし、ふつうの人間ではありません。からだじゅうに、太いまっ黒なしまがあるのです。白黒《しろくろ》だんだら染《ぞ》めの怪物です。美しいしまのあるタイがいますね。あれとそっくりのだんだら染めの怪人《かいじん》です。

顔《かお》は人間ですが、まるでゴリラみたいな、おそろしいやつです。その顔が、ガラスでもかぶせたようにギラギラひかって、それから、頭のうしろに、まっ黒なギザギザのトサカみたいなものがついているのです。足の先にはアザラシのヒレのような、大きな水かきがついています。

その怪物《かいぶつ》が、ひとつの木の箱《はこ》を、こわきにかかえて、ひょいとこちらをむきました。そのうしろの壁《かべ》ぎわには、おなじような木箱《きばこ》が、うずたかくつんであります。

「ああ、わかった。金塊《きんかい》はここにあったのだ。この木の箱にいれて、ここにつんであったのだ。」

潜水夫《せんすいふ》は、とっさにそれをさとりました。だんだら染《ぞ》めの怪物は、やっぱり金塊どろぼうだったのです。

潜水夫は潜水かぶとの中の電話口にむかってどなりました。

「金塊どろぼうを見つけました。だんだら染めの怪物です。ひっとらえてやります。すぐ応援《おうえん》をよこしてください。」

そうどなっておいて、彼《かれ》はいきなり、だんだら怪人《かいじん》につかみかかっていきました。

おばけガニ

深《ふか》い水の中ですから、パッととびつくことはできません。ふわりふわりと、泳《およ》ぐようにして、あいてにくみついたのです。

だんだら染《ぞ》めの怪人《かいじん》は、それを見るとびっくりして、金塊《きんかい》の箱《はこ》をすてて逃《に》げだそうとしましたが、もうまにあいません。そこで、しまダイのような怪物《かいぶつ》と、西洋《せいよう》のよろいのおばけみたいな潜水夫《せんすいふ》との、おそろしいとっくみあいがはじまったのです。

外の部屋《へや》ほどではありませんが、その部屋にも、二十年のあいだの海のゴミがたまっていました。ふたりの格闘《かくとう》につれて、そのゴミがもやもやと立ちのぼり、あたりはまるで、煙《けむり》につつまれたようになってしまいました。

だんだら染めの怪人は、逃げよう、逃げようとしているので、ふたりは、とっくみあいながら、いつのまにかドアの外に出て、それから甲板《かんぱん》にのぼる鉄《てつ》の階段《かいだん》の下まで来ていました。

そのへんには、コンブのような、大きな葉《は》の海草が、たくさんはえています。逃げおくれたさかなも泳《およ》いでいます。その中で、よろいのおばけと、だんだら染めとが、横《よこ》になったり、さかさまになったりして、とっくみあっているのです。陸上《りくじょう》のけんかとちがって、海の底《そこ》の格闘《かくとう》は、映画《えいが》のスローモーションのようにのろのろした、じつにうす気味《きみ》わるいものでした。

階段《かいだん》の下までくると、だんだら染《ぞ》めの怪人《かいじん》が、にわかにいきおいよくなりました。そして、まるでさかなのように、ピチピチとはねまわるものですから、潜水夫《せんすいふ》のつかんでいた手がすべって、はなれてしまいました。

すると、怪人は、足のさきについている大きな水かきで、サーッと水をけって、みるみる階段の上へ浮《う》きあがっていきました。潜水夫は重《おも》いナマリのついた靴《くつ》をはいているので、とてもそのまねはできません。一段ずつ、階段をのぼっていくほかないのです。ざんねんながら、とうとう敵《てき》を逃《に》がしてしまいました。

潜水夫は、おおいそぎでもとの船室《せんしつ》にもどり、水中電灯《すいちゅうでんとう》を持って、甲板《かんぱん》にあがりました。

すると、大洋丸《たいようまる》の大きな船体《せんたい》からすこしはなれた海底《かいてい》を、白い光がぐんぐんむこうのほうへ動《うご》いているのが見えました。水中電灯です。怪人は水中電灯を持たないで逃げたのですから、それは怪人ではありません。いったい何者《なにもの》でしょう？

「ああ、わかった。ぼくの友だちが、あとからもぐってきたんだ。そして、怪人を見つけて追《お》っかけているのだ。」

潜水夫《せんすいふ》は、そうおもったので、いそいでそちらへ近づいていきました。さっき潜水かぶとの中の電話で、ハヤブサ丸《まる》に、「応援《おうえん》をたのむ」とよびかけておいたので、もうひとりの潜水夫がもぐってきたのです。

怪人《かいじん》は電灯《でんとう》がないので方角《ほうがく》がわからなくなり、コンブ林の中でまごまごしているうちに、ふたりの潜水夫にはさみうちになってしまいました。怪物《かいぶつ》の目玉のような水中電灯《すいちゅうでんとう》が、右と左から、ぐんぐんせまってくるのです。

怪人はやっとのことでコンブ林をぬけだし、ゴツゴツした岩ばかりの海底《かいてい》を逃《に》げていきます。ふたりの潜水夫は、五メートルほどあとから、それを追《お》っかけてくるのです。

怪人のだんだら染《ぞ》めの姿《すがた》が、大きな岩かげにかくれました。ふたりの潜水夫は、そこへいそぎましたが、陸上《りくじょう》のように速《はや》くは走れません。やっと岩かげにたどりついてみると、そこにはもう、なにもいませんでした。

どこへ逃げたのかと、水中電灯をふりてらして、四方八方をすかしてみましたが、どこにも敵《てき》の姿がありません。

たった、あれだけのひまに、遠くへ逃げられるはずはないのです。といって、この大岩のほかには、かくれるような場所《ばしょ》もありません。ふたりの潜水夫は、「へんだなあ!」というような身《み》ぶりをして、潜水かぶとの顔《かお》を見あわせました。

ふたりが、なおもあたりをさがしていますと、大岩のねもとに、なにかもぞもぞと動《うご》いているのに気がつきました。青黒い岩がうごめいているのです。ふたりはおどろいて、そのほうへ水中電灯《すいちゅうでんとう》をさしつけました。

いや、岩ではありません。岩とそっくりの、なんだか、えたいの知れない大きなものが、岩のねもとをはなれて、こっちへやってくるのです。

「あっ、カニだっ！」

ひとりの潜水夫《せんすいふ》が、かぶとの中でおもわずさけび、その声がハヤブサ丸《まる》の受話器《じゅわき》に、けたたましくひびきました。

岩と見えたのは、一ぴきの巨大《きょだい》なカニでした。人間の二倍《ばい》もある、おそろしいカニでした。一メートルもあるような大きなはさみをぐっと持ちあげて、ひらいたりしめたりしながら、八本の足でごそごそとはってくるのです。

ゴムマリほどの白っぽい目玉が、ニューッととびだしています。その目玉をぐるぐるまわしながら近づいてくるのです。

「ワーッ！」というようなさけび声が、二重《じゅう》になってハヤブサ丸の受話器にひびきました。ふたりの潜水夫が、一度《ど》にさけんだのです。そして、いきなり逃《に》げだしたのです。

おばけガニは、逃げる潜水夫たちを、五、六メートル追《お》っかけましたが、なにをおもったのか、そのままむきをかえて、むこうのほうへ、とおざかっていきます。そして、闇《やみ》の中へとけこむように、見えなくなってしまいました。

ふたりの潜水夫《せんすいふ》は、潜水かぶとの中の電話で、すぐに引きあげてくれるようにたのみました。

ハヤブサ丸《まる》の甲板《かんぱん》にもどると、みんなにとりかこまれて、海底《かいてい》のできごとをくわしく話しましたが、それを聞いた明智探偵《あけちたんてい》は、小首《こくび》をかしげながら、こんなことをいいました。

「そんな大きなカニが、このへんにいるはずはない。ひょっとしたら、悪人《あくにん》の手品《てじな》かもしれないぞ。カニの衣装《いしょう》をかぶって、逃《に》げだしたのかもしれないぞ。その衣装は、うすい金属《きんぞく》かビニールで、できているのかもしれない。そして、それを小さくおりたたんで、岩の穴《あな》の中にかくしておいたのかもしれない。」

「えっ、すると、あのカニの中に、金塊《きんかい》どろぼうが、はいっていたのでしょうか。」

潜水夫のひとりが、びっくりしていいました。

「どうも、そうとしか考えられない。岩のかげにかくれたまま消《き》えてしまうなんて、人間わざではできないことだからね。金塊どろぼうの怪人団《かいじんだん》は、魔術師《まじゅつし》だ。いよいよ、その本性《ほんしょう》をあらわしてきたんだ。おもしろくなってきたね。ぼくは、こういう魔術師みたいなあいてでないと、はりあいがないのだよ。」

名探偵《めいたんてい》はそういって、モジャモジャの頭を、指《ゆび》でかきまわしながら、にっこり笑《わら》うのでした。

とびちる金塊《きんかい》

そのころは、もう西の空が夕やけ雲で、まっ赤にそまっていました。太陽《たいよう》は目に見えて沈《しず》んできます。やがて、東の空がまっ暗《くら》になり、それが西のほうにひろがっていって、とうとう夜がきました。

しかし、敵《てき》に金塊《きんかい》のありかがわかったとすると、夜だからといって、やすんでいるわけにはいきません。明智探偵《あけちたんてい》と、船長《せんちょう》と、賢吉少年《けんきちしょうねん》のおとうさんの宮田《みやた》さんなどが、ひたいをあつめて相談《そうだん》しました。そして、夜でもかまわないから、大きなしかけで、いっぺんに金塊を引きあげてしまおうということになりました。

ハヤブサ丸《まる》には、太い鉄《てつ》のくさりでできた大きな網《あみ》のようなものが、用意《ようい》してありました。重《おも》い荷物《にもつ》をまきあげる道具《どうぐ》です。

それにワイヤーロープをくりつけて、クレーンで海の底《そこ》におろし、金塊の箱《はこ》を鉄のくさりの網にいれて、引きあげようというのです。

それがきまると、敵《てき》の魚形艇《ぎょけいてい》を警戒《けいかい》している潜航艇《せんこうてい》に、無電《むでん》で、一度浮《どう》きあがるように伝《つた》えました。そして、じゅうぶん用意《ようい》をしたうえで、鉄《てつ》の網《あみ》といっしょにもう一度沈《どしず》み、引きあげがおわるまで、警戒にあたらせるわけです。

鉄の網には、三人の潜水夫《せんすいふ》がついていくことになりましたが、それだけでは安心《あんしん》ができないので、あの巨大《きょだい》な鉄の玉の潜水機《せんすいき》もいっしょに海底《かいてい》に沈み、大洋丸《たいようまる》の甲板《かんぱん》のハッチの外で、見はりをすることにしました。

ぜんぶの船員《せんいん》が力をあわせて、それらの用意をしているとき、小林少年《こばやししょうねん》が明智探偵《あけちたんてい》にすがりつくようにして、しきりとなにかをたのんでいました。

「ねえ、先生、ぼくを潜水機《せんすいき》に乗《の》せてください。潜水夫のまねなんか、ぼくみたいな子どもには、とてもできませんけれど、潜水機ならだいじょうぶでしょう。技師《ぎし》さんの前に乗ればいいんです。そのくらいのすきまはあります。ねえ、先生、たのんでください。」

明智探偵は、小林少年を自分の子どものように愛《あい》していましたから、そんなにせがまれると、いやとはいえないのです。技師《ぎし》に相談《そうだん》してみました。すると技師もにこにこして、

「そんなに乗りたいのなら、いっしょに乗ってもいいですよ。すこしきゅうくつですが、からだの小さい小林君《こばやしくん》なら、乗れないこともないでしょう。かわいらしい小林君といっしょなら、ぼくもたのしいですよ。」

と、承知《しょうち》してくれました。

「小林《こばやし》さん、潜水機《せんすいき》に乗《の》るんだって？　ぼくも乗りたいなあ。」

賢吉少年《けんきちしょうねん》が、うらやましそうにいいました。

「きみは、とてもおとうさんが、ゆるしてくれないよ。ぼくより小さいんだし、冒険《ぼうけん》になれていないからね。でもさいしょ、ぼくが乗ってみてだいじょうぶだったら、このつぎに、きみが乗ればいいじゃないか。」

小林君《こばやしくん》はそういって、賢吉少年をなぐさめるのでした。

三十分ほどで、すべての用意《ようい》がととのいました。まず潜航艇《せんこうてい》が沈《しず》んで大洋丸《たいようまる》のまわりを警戒《けいかい》し、つぎに潜水機が沈み、さいごに鉄《てつ》の網《あみ》と三人の潜水夫《せんすいふ》が沈んでいきました。

小林君はうれしくてたまりません。技師《ぎし》のひざにだかれるようになって、からだを小さくして、前のガラス窓《まど》を一心《いっしん》にのぞいていました。

潜水機には、電車のヘッドライトのような、強い電灯《でんとう》がついていますから、夜の海の中がよく見えます。

窓の外をさかなが泳《およ》いでいます。カンテンみたいなすきとおったクラゲが、ふわふわしています。それらが、スーッと上のほうへあがっていくのです。つまり潜水機の鉄《てつ》の玉が、ぐんぐんさがっていくのです。ちょうどエレベーターに乗っているような気持ちです。

「ほら、あれが大洋丸《たいようまる》だよ。でっかいだろう。」

技師《ぎし》のことばに下を見ますと、貝がらのいっぱいについた巨大《きょだい》な船体がよこたわっていました。それがスーッと近づいて、潜水機《せんすいき》は、大洋丸のはすになった甲板《かんぱん》の、ハッチの近くにとまりました。

むこうのほうを、目玉のようにひかるものが、スーッととおりすぎました。

「あれ、なんです？　自動車《じどうしゃ》のヘッドライトみたいなもの。」

「潜航艇《せんこうてい》だよ。ああして、大洋丸のまわりを、ぐるぐるまわっているんだ。いつ、敵《てき》の魚形潜航艇《けいせんこうてい》があらわれるかもしれないからね。」

そのうちに、空中《くうちゅう》から、いや海中《かいちゅう》の上のほうから、きみょうなものが、スーッとさがってきました。鉄《てつ》の網《あみ》と、それにとりついた三人の潜水夫《せんすいふ》です。

鉄の網は、甲板《かんぱん》のハッチのすぐそばにおろされ、三人の潜水夫は水中電灯《すいちゅうでんとう》をふって、こちらへあいさつをおくりながら、つぎつぎとハッチの中へおりていきました。

おりていったあとには、三本のロープと送気管《そうきかん》が、長いフジづるかなんかのように、ゆらゆらとゆれていましたが、しばらくすると、その一本がピンとはりきって、つまり、上から引きあげられて、ひとりの潜水夫が、四角な木の箱《はこ》をかかえてハッチから出てきました。そしてその箱を、鉄の網の中へいれました。いれておいて、またハッチの中へもどっていくのです。

すると、つぎの潜水夫《せんすいふ》があらわれ、おなじような箱《はこ》を鉄《てつ》の網《あみ》にいれ、もどっていくと、また、つぎの潜水夫というぐあいに、三人の潜水夫がハッチから出たりはいったりしているうちに、鉄の網の中には、だんだん、箱の数がふえていきました。

金塊《きんかい》の箱は、ぜんぶで三十個《こ》ありましたが、一度《ど》にはむりなので、半分の十五個を鉄の網にいれると、潜水夫が電話で知らせて、引きあげることにしました。

十五箱でふくらんだ鉄の網は、それをさげている太い鉄のロープがピンとはって、ゆらゆらと引きあげられていきます。三人の潜水夫は、はすになった甲板《かんぱん》に立って、それを見あげています。

ところが、鉄の網が十メートルほどあがったときです。潜水夫のひとりがとびあがるような、へんなかっこうをして、鉄の網の上のほうを、両手《りょうて》で指《ゆび》さしているのです。

すると、あとのふたりの潜水夫も、おなじように、両手をあげて、はげしくおどりはじめました。

「おや、へんだぞ。もしもし、潜水機《せんすいき》を十二メートルほど引きあげてください。鉄の網のロープがどうかしたようです。はやく、あげてください。」

技師《ぎし》が電話口にどなりました。

潜水機《せんすいき》がガクンとゆれて、スーッと上にあがっていきます。鉄《てつ》の網《あみ》を追《お》いこして、ロープのところにきました。

「そのまま、鉄の網と潜水機と、おなじ速度《そくど》で引きあげてください。」

電話《でんわ》でいっておいて、前のハンドルを動《うご》かすと、潜水機の窓《まど》がロープのほうをむき、強い電光がそこをてらしました。

「あっ、カニだっ、カニがロープにぶらさがっている。」

小林君《こばやしくん》が、おもわずさけびました。人間の二倍《ばい》もあるあのおばけガニです。そいつが鉄の網のロープにすがりついて、なにかモガモガやっているのです。

「あっ、たいへんだ。あいつはロープをきろうとしている。大きなヤスリを、ノコギリのように動《うご》かしている。」

こんどは、技師《ぎし》がさけびました。そして電話口へ、

「もしもし、潜水機を、鉄の網に近づけてください。ロープをきろうとしているやつがいるのです。こちらは鉄のツメで、攻撃《こうげき》します。」

スーッと、ロープへ近づいていきました。巨大《きょだい》なカニが、すぐ目の前にうごめいています。

「さあ、たたかいだっ。見ててごらん。いまに鉄のツメで、あいつを、やっつけてやるか

ら。」

技師《ぎし》は、いさましくさけぶと、前のハンドルに手をかけました。ギーッという音がして、潜水機《せんすいき》の横《よこ》についている、巨大《きょだい》な鉄《てつ》のはさみが動《うご》きはじめました。

カニの背中《せなか》は、すぐ前にあるのです。鉄のツメは、そのほうへニューッとのびていきました。しかし、潜水機そのものが、上からぶらさがっているのですから、おもうようになりません。いまひといきというところで、とどかないのです。

「もっと、近づけて、もっと、もっと。」

電話口にどなりながら、技師は、歯《は》ぎしりをして、ハンドルを動かしています。

「あっ、とどいたっ。しめたぞ。」

ハンドルをガチンとやると、鉄のツメがグッとはさみました。カニの足を二本はさんで、ぐいと、もぎとってしまったのです。

しかし、あいては、へいきです。つくりものの足をきりとられたって、なんでもありません。

ヤスリの動きはますますはげしく、キーキーという音が、潜水機の中まで聞こえてくるような気がしました。

鉄の網《あみ》も、潜水機も、全速力《ぜんそくりょく》で引きあげられています。

ロープがきれないうちに、あげてしまおうというのです。

もう、ハヤブサ丸《まる》から十メートルほどになりました。いまひといきです。しかし、ああ、そのときです。とうとうロープがきれたのです。おばけガニはロープからはなれて、スーッと、むこうへ消《き》えていきました。

鉄《てつ》の網《あみ》は、おそろしいいきおいで下へ落《お》ちていきます。網がひろがって、十五の箱《はこ》が、バラバラにちらばって落ちていきます。そして、あるものは、大洋丸《たいようまる》の甲板《かんぱん》にぶつかり、あるものは海底《かいてい》の岩にぶつかり、くさった木の箱はこわれてとびちり、ピカピカひかった金塊《きんかい》が、八方に散乱《さんらん》しました。

賢吉少年《けんきちしょうねん》の危難《きなん》

それがわかると、ハヤブサ丸《まる》では、おおさわぎになりました。すぐに、五人の潜水夫《せんすいふ》をもぐらせて、金塊を集《あつ》めることにしましたが、五人も潜水させるためには、いろいろの用《よう》意《い》をしなければなりません。それにまっ暗《くら》な夜のことですから、いっそう仕事《しごと》はむずかしいのです。

ハヤブサ丸の甲板には、明るい電灯《でんとう》がいくつもつりさげられ、その下で、おおぜいの船《せん》員《いん》たちが右に左にかけまわって、潜水《せんすい》の用意《ようい》をしているのです。

賢吉少年《けんきちしょうねん》は、おとうさんのそばで、そのいさましいありさまを、ながめていましたが、ちょっと、自分の船室《せんしつ》に用事《ようじ》があったので、そこへおりるハッチのほうへいきますと、むこうの暗《くら》い甲板《かんぱん》から、ひとりの水夫《すいふ》が、しきりに手まねきしているのに気づきました。

船の中の、おもだった人びとや船員《せんいん》たちは、みんな一方の船《ふな》ばたにあつまって、潜水夫《せんすいふ》をおろす仕事をしていました。電灯《でんとう》もそのへんだけについていて、ほかの甲板はまっ暗なのです。そのまっ暗な甲板から、水夫が手まねきしているので、賢吉少年はふしぎにおもいました。

「なんですか。」

とたずねますと、その水夫はにこにこして、

「小林《こばやし》さんが、あっちに待っているんです。ぼっちゃんを、よんできてくれと、いわれましたのでね。」

とこたえました。小林さんというのは、むろん、明智探偵《あけちたんてい》の助手《じょしゅ》の小林少年《こばやししょうねん》のことです。

小林少年は、まるい鉄《てつ》の潜水機《せんすいき》にはいって、海底《かいてい》に沈《しず》んでいましたが、さっき潜水機が引きあげられ、その中から出て、自分の部屋《へや》でやすんでいるはずです。それが、どうして、いまごろ賢吉少年をよぶのでしょうか。

「小林《こばやし》さんは、どこにいるのですか。」

賢吉少年《けんきちしょうねん》が、またたずねますと、水夫《すいふ》は船尾《せんび》のほうを指《ゆび》さして、

「あちらです。ぼっちゃんに、急用《きゅうよう》があるといっています。」

とこたえて、まっ暗《くら》な船尾のほうへ歩いていきます。賢吉少年は、へんだなとおもいましたが、まさか、ハヤブサ丸《まる》に、敵《てき》がいるなんておもいもよらず、少年探偵団長《しょうねんたんていだんちょう》の小林君《こばやしくん》がよんでいるとあっては、団員《だんいん》として、命令《めいれい》にそむくわけにはいきませんから、うっかりと、その水夫のあとについていきました。

船尾の甲板《かんぱん》は、気味《きみ》がわるいほどまっ暗でした。すかしてみても、人影《ひとかげ》らしいものは見あたりません。

「小林さんはどこにいるんですか。だれもいないじゃありませんか。」

すこしこわくなってそういいますと、水夫は、

「ほら、そこですよ、あのたるのむこうですよ。」

といって、賢吉少年の手をとりました。

見ると、三メートルほどむこうに、大きなビールのたるのようなものがおいてあります。ふつうのビールだるよりは、ずっと大きなやつです。

小林さんはたるのかげなんかでなにをしているんだろうと、ふしぎにおもって、いそい

でそこへ近づきましたが、たるのむこうを見ても、だれもいないのです。たるのふたがとれていましたので、もしたるの中にいるのではないかと、のぞいてみましたけれど、たるの中は、酒《さけ》も水もはいっていない、からっぽでした。

「あっ、なにをするんです……」

と、いおうとしたとき、大きな手が、賢吉君《けんきちくん》の口をぐっとおさえてしまいました。もがこうとしてももうひとつの手が、からだをだきしめているので、どうすることもできません。

水夫《すいふ》は賢吉君をだきあげて、なんの苦《く》もなくその大だるの中へおしこみ、上からふたをして、ポケットからとりだしたくぎとかなづちで、コンコンとうちつけてしまいました。

あっというまのできごとでした。船の人たちは、みんな潜水作業《せんすいさぎょう》のほうに集《あつ》まっているので、だれも気づいたものはありません。それにしても、この水夫は、いったい何者《なにもの》なのでしょう。賢吉君をたるづめにして、どうしようというのでしょう。

もしかしたら、この水夫は、鉄《てつ》の人魚《にんぎょ》の怪人団《かいじんだん》の、まわし者《もの》だったのではないでしょうか。ハヤブサ丸《まる》が大阪《おおさか》を出るときから、水夫にばけて乗《の》りこんでいたのではないでしょうか。

水夫は、そこにおいてあった長いロープを、たるにまきつけてかたくむすび、たるを持ちあげると、船尾《せんび》の船《ふな》ばたまではこびました。そして、じっと、暗《くら》い海を見おろしているのです。

　するとそのとき、ハヤブサ丸《まる》から三十メートルはなれた海面《かいめん》に、パッとひかったものがあります。海の上にガラスのようなまるいものが浮《う》いていて、その中に電灯《でんとう》がついたのです。ついたかとおもうと、すぐ消《き》えてしまいましたが、ひとめで、それがなんであるかがわかりました。それは、あのおそろしい魚形潜航艇《ぎょけいせんこうてい》だったのです。

　クジラのような黒い船体《せんたい》が、はんぶんほど浮きあがって、その背中《せなか》に出っぱっている、まるいガラスのようなものの中の電灯がひかったのです。きっと、ハヤブサ丸の水夫《すいふ》へ、あいずをしたのにちがいありません。

　それから、じつにおそろしいことがおこりました。水夫は両手《りょうて》でロープをにぎって、賢《けん》吉君《きちくん》をとじこめたたるを、船《ふな》ばたから海面《かいめん》におろしたのです。たるは、うちよせる波の上に、ゆらゆらと浮いています。

　水夫は、上着《うわぎ》をぬいで、シャツ一枚《まい》になると、長いロープの一方のはしを、船ばたのてすりにとおして、それを持って、自分も海面におりていきました。そして立《た》ち泳《およ》ぎをしながら、てすりにかけたロープをたぐりよせ、それを自分のからだにまきつけて、しずかに泳ぎはじめました。いうまでもなく、魚形潜航艇をめざしているのです。

　水夫が泳ぐにつれて、ロープにつながれたたるも、そのほうへ引かれていきます。そして、見るまに、魚形潜航艇《ぎょけいせんこうてい》のそばへ近づいていきました。

するとそれを待っていたように、魚形艇《ぎょけいてい》の背中《せなか》のまるいガラスが、パッと上にひらいて、そこから人の顔《かお》があらわれました。

「うまくいったか。」

「うん、子どもはたるの中にいる。このロープを、しっぽのほうへくくりつけてくれ。」

海の中の水夫《すいふ》がそう答《こた》えて、魚形艇《ぎょけいてい》にのぼりつき、ガラスぶたの入り口から中へすべりこみました。

すると、中にいた男がいれかわって魚形艇の背中《せなか》にあらわれ、ロープのはしを持って、艇のしっぽのほうへ走っていきました。

しばらくすると、その男が帰ってきました。

「しっかり、くくりつけた。これでもう、だいじょうぶだよ。」

そういって、魚形艇の背中の入り口へすべりこむと、まるいガラスのふたが、パタンとしまり、魚形艇はそのまま、しずかに海中に沈《しず》んでいきました。あとにはロープに引かれたたるが、プカプカと波にただよっているばかりです。

洞窟《どうくつ》の怪異《かいい》

たるにつめこまれた賢吉少年《けんきちしょうねん》は、あまりのおどろきに、しばらくは、気をうしなったようになっていましたが、やがて、自分のはいっているたるが、ゆらゆらと、はげしくゆれていることがわかりました。

「きっと海へなげこまれたんだ。そして、波《なみ》のまにまにただよっているんだ。」

と、さとりました。

ああ、なんという心ぼそい身《み》の上《うえ》でしょう。たるにはすこしのすきまもないのですから、ないてもわめいても、だれにも聞こえるはずはありません。

「おとうさん！　おかあさん！　小林《こばやし》さーん！」

聞こえないとわかっていても、ひとりでに、口から出てくるのです。賢吉君《けんきちくん》は、いく度《ど》もいく度も、声をかぎりにさけびました。

そのうちに、とつぜん、たるのゆれかたが、かわってきたのに気づきました。いままでは、ゆらゆらとただよっていたのですが、それが、きゅうに一方へ走りだしたような感じがするのです。波を乗《の》りこえ、おそろしいいきおいですすんでいるのです。なんだかひじょうなスピードの快速艇《かいそくてい》に、ひっぱられているような気持ちです。

ひっぱられるにつれて、たるはくるくるまわるのです。賢吉君《けんきちくん》のからだも、上をむいたり、横《よこ》をむいたり、たえずくるくるとまわっています。そのたびに、からだのどこかがたるにぶつかるので、その苦《くる》しさといったらありません。

賢吉君は、こんな苦しいおもいをするぐらいなら、はやく死んでしまったほうがいいとおもいました。

そのうち、からだが、むちゃくちゃにゆれるだけでなく、なんだか、息《いき》が苦《くる》しくなってきました。水もしみこまないほど、しっかりふたをしたたるですから、空気がわるくなってきたのです。つまり、酸素《さんそ》もすくなくなって、息ぐるしいのです。このまま、長くたるの中にいたら、ほんとうに死んでしまうでしょう。

それから、どれほど時間がたったのか、もう、むがむちゅうでした。ふと気がつくと、たるがすこしも動《うご》かなくなっていました。いままで、ゆれにゆれていたのが、ピッタリとまったので、耳がジーンとして気味《きみ》がわるいほど、しずかになりました。するとまた、たるがスーッと、持ちあげられでもしたように動《うご》いて、それから、ゆらゆらとゆれましたが、波《なみ》に浮《う》いているのとちがった感《かん》じでした。

それから、頭のほうでガン、ガンと、おそろしい音がしたかとおもうと、サーッと、つて、あらわれてきました。しかし、そのふたが、ひらかれたのです。賢吉君《けんきちくん》はその空気のつめたい空気が、流《なが》れこんできました。たるのふたが、ひらかれたのです。賢吉君《けんきちくん》はその空気をすったとき、じつに、おいしいとおもいました。空気が、こんなにおいしいものだとは、ゆめにも知りませんでした。

だれかが賢吉君をだきあげて、たるの外に出してくれました。見ると、それは、服《ふく》がちがっていましたけれど、さっきの悪者《わるもの》の水夫《すいふ》でした。

それよりも、びっくりしたのは、いまいる場所《ばしょ》です。そこは、山の中の、ほら穴《あな》のようなところでした。でこぼこの、黒っぽい岩のトンネルのような感じです。賢吉君は、どろぼうの岩屋《いわや》の中へ、つれこまれたのではないかとおもいました。

逃《に》げだすことは、むろんできません。そばに、悪者の水夫ががんばっているし、それに、からだが、くたくたにつかれてしまって、もう、なにをする元気もないのです。賢吉君は、たるのそばへうずくまって、ただ、ぼんやりと、あたりをながめるばかりでした。

そのときです。深《ふか》いトンネルのようになったほら穴のむこうから、ちらっと、へんなものが見えました。うす暗《ぐら》いほら穴の中ですから、はっきりはわかりませんが、なんだか、ギョッとするような、おそろしいものでした。

びっくりしてそのほうを見つめていますと、そのへんなものの姿《すがた》が、岩かどからヌーッと、あらわれてきました。賢吉君は、あっとさけんで、おもわず逃げだそうとしました。

すると、水夫《すいふ》が、おそろしい力で、賢吉君《けんきちくん》の肩《かた》をおさえて、そこへすわらせてしまいました。

「ウフフフ、きみをとってくうわけじゃない。じっとしてればいいんだ。あれらは、いその用事《ようじ》があって、これから出かけるんだからね。」

そのものが、もう全身《ぜんしん》をあらわして、こっちへ近づいてきます。それは、あのおそろしい鉄《てつ》の人魚《にんぎょ》でした。人間とおなじぐらいの大きさの、鉄のウロコの怪物《かいぶつ》、頭から背中《せなか》にかけて、鉄のトサカのようなするどいギザギザがあり、目は青くひかって、口は耳までさけ、そこから二本の牙《きば》がニューッとのぞいています。

その怪物《かいぶつ》が、鉄の手で岩の上をはってくるのです。ワニのような長いしっぽがついていますが、そのしっぽの下に、みじかい足のようなものがあり、二本の手とその足とで、自《じ》由《ゆう》にはいまわるのです。

賢吉君は、岩壁《いわかべ》にピッタリ身《み》をつけて、おびえきって怪物を見ていましたが、怪物のほうでは、賢吉君など見むきもせず、その前をとおって、ほら穴《あな》の外へ出ていってしまいました。

すると、またほら穴のおくに、なにかものの動《うご》くけはいがしました。はっとして、そのほうを見ますと、さっき出ていったのとまったくおなじ鉄の人魚がもう一ぴき、のっそりと、そこから出てきたではありませんか。

いや、一ぴきではありません。つぎからつぎと、おなじ怪物《かいぶつ》が、まるでアマゾン川のワニの行列《ぎょうれつ》のように、ぞろぞろと出てくるのです。賢吉君《けんきちくん》は、あまりのことに気がとおくなって、それをかぞえることもできませんでした。ほんとうは、八ぴきの鉄《てつ》の人魚《にんぎょ》が、賢吉君の前をとおってほら穴《あな》の外へ出ていったのです。

まるでおそろしいゆめを見ているようでした。鉄の人魚は一ぴきだとおもっていたのに、こんなにたくさん、ほら穴の中にかくれていたのです。そして、ぞろぞろと、どこかへ出ていったのです。

いったい、なにごとがおこるのでしょう。

あの怪物どもは、もしや、ハヤブサ丸《まる》の金塊《きんかい》引きあげ作業《さぎょう》を、じゃましに出かけたのではないでしょうか。あんなにたくさんの怪物が、海の中であばれまわったら、いったい、どんなことになるのでしょう。

賢吉君はもう、ものを考える力もなくなって、ぼんやりしていますと、水夫《すいふ》が肩《かた》をつついて、

「さあ、おくへいくんだ。首領《しゅりょう》が、お待ちかねだ。」

と、みょうなことをいいました。

「首領《しゅりょう》」とは、いったい何者《なにもの》でしょう。

賢吉君《けんきちくん》は、そのまま水夫《すいふ》につれられて、ゴツゴツした岩の上を、ほら穴《あな》のおくへ歩いていきました。

まがりくねったほら穴をしばらくいくと、にわかにパッと明るくなりました。そこは、ほら穴が広《ひろ》くなって、岩にかこまれた部屋《へや》のようなところでした。りっぱなほりもののあるテーブルがあり、その上に、西洋《せいよう》の燭台《しょくだい》がおかれ、三本のろうそくが、もえていました。テーブルの横《よこ》に、これも、ほりもののある大きなイスがあって、全身《ぜんしん》まっ黒のおそろしい人がこしかけていました。

黒ビロードのずきんを、頭からスッポリかぶっています。その覆面《ふくめん》の目と口のところだけが、三角がたに切りぬいてあり、その穴の中から、ぶきみにひかる目が、じっとこちらを見ています。からだには、やはり黒ビロードの、だぶだぶのマントのようなものを着《き》ていました。これが、「首領」なのでしょう。

「宮田賢吉《みやたけんきち》をつれてきました。」

水夫《すいふ》が、うやうやしく、おじぎをしていいました。

「うん、よくやった。やっぱりたるにつめたのか。」

まっ黒な怪物《かいぶつ》が、太いしわがれ声でたずねるのです。

「はい、ハヤブサ丸《まる》の水夫《すいふ》にばけて、こいつをたるにつめて、それから潜航艇《せんこうてい》にしばりつけて、ここまで引っぱってきたのです。船のやつらは潜水作業《せんすいさぎょう》にむちゅうで、だれも気づいたものはありません。」

「よし、よし、うまくやった。もうこれでだいじょうぶだ。……おい、賢吉君《けんきちくん》、なにも、そんなにこわがることはない。きみは、だいじな人質《ひとじち》だからね。ここであそんでいてくれればいいのだ。きみのおとうさんが、わしのいうことを承知《しょうち》したら、きみをかえしてやるよ。」

黒い怪物《かいぶつ》は、覆面《ふくめん》を三角に切りぬいた口から、ネコなで声でいうのです。

賢吉君《けんきちくん》は、おもいきって聞きかえしました。

「おとうさんに、なにをさせるのですか。どうしたら、ぼくをかえしてくれるのですか。」

すると、黒い怪物は、ウフフフと気味《きみ》わるく笑《わら》いました。

「それが聞きたいのか。なかなか勇気《ゆうき》のあるぼうやだね。それはね、大洋丸《たいようまる》の金塊《きんかい》をぜんぶ、わしによこせというたのみだよ。そのたのみを聞いてくれたら、きみをかえしてやるのだ。それまでは、ここにじっとしているんだよ。」

ああ、賢吉君は、おそろしい人質にされてしまったのです。それにしても、この黒い怪物は、何者《なにもの》でしょう。そして、賢吉君の運命《うんめい》は、これからどうなっていくのでしょう。また、さっき、ほら穴《あな》を出ていった八ぴきの鉄《てつ》の人魚《にんぎょ》は、いったい、どんなおそろしいことをはじめるのでしょう。

消《き》える魚形艇《ぎょけいてい》

ハヤブサ丸《まる》では、やっと準備《じゅんび》がおわって、五人の潜水夫《せんすいふ》が、ちらばった金塊《きんかい》をあつめるために、海の底《そこ》へおりていきました。もう夜の八時ごろでした。海はまっ暗《くら》です。鉄《てつ》の網《あみ》もロープをとりかえて、潜水夫《せんすいふ》といっしょに沈《しず》めました。水中電灯《すいちゅうでんとう》をさげた五人のものは、海底《かいてい》の金塊《きんかい》の箱《はこ》を見つけだしては、その鉄の網の中へはこぶのです。

一時間もかかって、やっと六つの箱を、鉄の網にいれました。さいしょ、網にいれた箱は十五でしたが、そのうちの七つは、落ちるときにこわれてしまって、中の金の棒《ぼう》がバラバラになり、海底の砂《すな》の中にうずまってしまったので、きゅうにさがしだすことができません。それで、八つの箱を網にいれると、潜水夫のひとりが、潜水《せんすい》かぶとの中の電話で、ひとまずそれを引きあげてくれるように、ハヤブサ丸《まる》につたえました。

ハヤブサ丸の甲板《かんぱん》では、その電話を聞くと、鉄の網のロープを、機械《きかい》でぐんぐん引きあげました。こんどは、さっきのような大ガニもあらわれず、八つの箱は、ぶじに甲板についたのです。

海底《かいてい》にのこった五人の潜水夫《せんすいふ》は、つぎにバラバラになって、砂《すな》にもぐっている金の棒《ぼう》をさがしはじめました。砂ばかりではありません。海底には、コンブのような海草がたくさんはえていますから、その中へ沈《しず》んだ金塊《きんかい》をさがすのは、ひどくほねがおれるのです。

しかし、五人のものはひとつでも多くさがしだそうとむちゅうになって、まっ暗《くら》な海底を歩きまわりました。

水中電灯《すいちゅうでんとう》は、いくら明るくても、三、四メートルしかてらしませんので、まるで、墨汁《ぼくじゅう》の中を歩いているようなものです。なかまの潜水夫《せんすいふ》の姿《すがた》さえすこしも見えません。ボーッとひかった水中電灯が、あちこちに動《うご》いているばかりで、人の形《かたち》までは見わけられないのです。

ふと気がつくと、むこうのほうから、二つのまるい光が、ひじょうな速《はや》さで近づいてきました。水中電灯ではありません。もっと強い光です。それが、またたくまに、すぐ目の前にせまってきました。

「あっ、魚形潜航艇《ぎょけいせんこうてい》だっ。」

ひとりの潜水夫《せんすいふ》が、おもわずさけびました。その声が、ハヤブサ丸《まる》の甲板《かんぱん》の受話器《じゅわき》にひびきました。

甲板《かんぱん》では、ひとりの技師《ぎし》が受話器《じゅわき》を耳にあてていましたが、そのさけび声をきくと、すぐに、船長につたえました。船長は無電技師《むでんぎし》に、味方《みかた》の潜航艇《せんこうてい》へ、そのことを知らせるように命《めい》じました。敵《てき》の魚形艇《ぎょけいてい》を追《お》っぱらうためです。

海底《かいてい》では、魚形艇は、潜水夫《せんすいふ》たちのすぐ前に近づいていました。ギラギラひかる二つの目玉が、あたりをぽーっとてらしているので、魚形艇の全体《ぜんたい》の姿《すがた》が、おぼろげに見わけられるのです。

潜水夫たちは、それを見たとき、あまりのおそろしさに、からだがしびれたようになって、さけぶことも、逃《に》げだすことも、できなくなってしまいました。魚形艇の長い背中《せなか》に、見るもぶきみなばけものが、かさなりあって、とりついていたのです。それは八ぴきの鉄《てつ》の人魚《にんぎょ》でした。まったくおなじ形《かたち》の、あのおそろしい怪物《かいぶつ》が、ウジャウジャと、かたまっていたのです。

魚形艇は、スーッと、頭をさげて海の底《そこ》とすれすれまで、おりてきました。するとその背中にかたまっていた八ぴきの怪物が、ぴょいぴょいと、海底《かいてい》にとびおりたのです。そして巨大《きょだい》なワニのようなかっこうで、潜水夫たちのほうへ、はいよってくるではありませんか。

「わー、引きあげてくれえ！　鉄の人魚がやってきた。はやく、はやく。」

五人の潜水夫《せんすいふ》たちが、口々にわめきました。その声が、ハヤブサ丸《まる》の受話器《じゅわき》にガンガンとひびくのです。

技師《ぎし》はいそいで、機械係《きかいがかり》に引きあげのあいずをしました。ガラガラとロープがまきあげられます。

やがて、五人の潜水夫は、ほうほうのていで、船《ふな》ばたにはいあがってきました。そしてかぶとをぬがせてもらうと、海底《かいてい》のおそろしいありさまを、くわしく報告《ほうこく》するのでした。

いっぽう、味方《みかた》の潜航艇《せんこうてい》は、ハヤブサ丸から無電《むでん》の命令《めいれい》をうけて、すぐさま潜水夫のもぐっている場所《ばしょ》へいそぎました。

そこへついたときには、ちょうど、八ぴきの鉄《てつ》の人魚《にんぎょ》が海底《かいてい》におりたところでした。敵《てき》の魚形艇《ぎょけいてい》は、はやくもこちらの潜航艇に気づいて、いきなり逃《に》げだしました。

ギラギラひかる二つ目玉の怪魚《かいぎょ》と、それを追《お》う三《みっ》つ目玉の潜航艇《せんこうてい》、両方《りょうほう》とも全速力《ぜんそくりょく》で海の底《そこ》を走るのです。海底のさかなどもは、時ならぬ巨大《きょだい》な怪物《かいぶつ》の襲来《しゅうらい》にあわてふためいて、逃げまどう。それが二つの潜航艇のヘッドライトにてらされて、金色に、銀色《ぎんいろ》に、チラチラと美しくひらめくのです。

二つの艇のあいだは、五十メートルほどへだたっていました。逃げる魚形艇は、みさきの海岸《かいがん》のほうへまっしぐらに走っていたのですが、もうすこしで海岸にとどきそうになったところで、ふっと、その姿《すがた》が見えなくなってしまいました。

二つの目玉の電灯《でんとう》を消《け》したのだろうと、こちらのヘッドライトで、そのへんいったいを、くまなくさがしました。でも、あの大きな魚形艇《ぎょけいてい》が、影《かげ》も形《かたち》も見えないのです。海の水にとけてしまったように、あとかたもなく消《き》えうせたのです。

そのへんの海底《かいてい》は、でこぼこした岩ばかりで、中には小山のような大きな岩もあります。敵《てき》はその岩のかげにかくれているのではないかと、長いあいだぐるぐるまわってさがしましたが、どこにもいません。

そんな大きな魚形艇が、そんなにうまく、かくれられるものではありません。ゆうれいのように消えてしまったとしか、考えられないのです。

しかたがないので、そのことを、ハヤブサ丸《まる》に無電《むでん》で知らせておいて、味方《みかた》の潜航艇《せんこうてい》は、そこを引きあげることにしました。

それにしても、魚形艇はいったいどうしたのでしょう。あんな大きなものが、海底の砂《すな》の中へもぐるわけにはいきません。コンブなどの林も、魚形艇をかくすほど大きくはありません。もしや海面《かいめん》に浮《う》きあがったのではないかと、こちらも浮きあがってみましたが、やっぱり、影も形もないのです。

海底の魔術《まじゅつ》です。鉄《てつ》の人魚《にんぎょ》の怪物団《かいぶつだん》は、ふしぎな魔術をこころえていたのでしょうか。

明智探偵《あけちたんてい》の変装《へんそう》

ハヤブサ丸の無電室《むでんしつ》は、味方《みかた》の潜航艇《せんこうてい》から、魚形艇《ぎょけいてい》が消《き》えうせたという知らせをうけましたが、それにおどろくひまもなく、やがて、どこからか、みょうな無電がはいってきました。「ハヤブサマル、ハヤブサマル」と、なん度《ど》も、よびだしをかけてから、おなじもんくを、くりかえしうってきました。

「ミヤタケンキチクンハ、アズカッテイル。タイヨウマルノ、キンカイゼンブト、ヒキカエニ、ケンキチクンヲカエス。ショウチシナケレバ、ケンキチクンノイノチハ、ナイモノトオモエ。ヘンジマツ。」

無電技師《むでんぎし》は、それを書きつけた紙を持って、甲板《かんぱん》の船長《せんちょう》のところへとんできました。

「なに、賢吉君《けんきちくん》をあずかっているだって？　宮田《みやた》さん、賢吉君はどこにいるんです。へんな無電がきましたよ。」

そこにいた宮田さんと明智探偵《あけちたんてい》が、船長の手からその紙をうけとって、おそろしいもんくを読みました。

「賢吉は、自分の船室《せんしつ》へいくといって、さっき、おりていったままですが。」

宮田《みやた》さんが、まっさおになってつぶやきました。

「じゃ、船室《せんしつ》へいってみましょう。」

明智《あけち》はそういって、いきなり船室へおりるハッチのほうへ、とんでいきます。宮田さんも、そのあとから走りだしました。

しばらくすると、明智探偵《あけちたんてい》と宮田さんが、甲板《かんぱん》にかけあがってきました。

「船室にはいません。みなさん。賢吉少年《けんきちしょうねん》がいなくなったのです。手わけをして、船の中をさがしてください。」

明智がさけびました。それから、おおさわぎになって、船員《せんいん》たちは、いく組にもわかれて、船の中のあらゆる場所《ばしょ》をさがしましたが、少年の姿《すがた》はどこにもありませんでした。

「へんですよ。水夫《すいふ》の北川《きたがわ》もいなくなってます。もしやあいつが……。」

ひとりの船員が報告《ほうこく》しました。

「そうだ。あいつが、敵《てき》のまわし者《もの》だったかもしれない。賢吉君《けんきちくん》がひとりで、船から姿を消《け》すはずはないのだ。」

船長《せんちょう》が、くやしそうにさけびました。

「魚形潜航艇《ぎょけいせんこうてい》の中へ、さらわれたのかもしれませんよ。われわれは、みんな潜水《せんすい》の仕事《しごと》のほうに集《あつ》まっていたので、反対側《はんたいがわ》に潜航艇《せんこうてい》が浮《う》きあがって賢吉君を乗《の》せていっても、だれも気がつかなかったでしょうからね。」

技師《ぎし》が自分の考えを話すと、みんなも、たぶんそうだろうとおもいました。

「しかし、無電《むでん》の返事《へんじ》をうたなければ、賢吉《けんきち》がどんなめにあうかもしれません。といって、金塊《きんかい》をわたすわけにはいかないし、明智《あけち》さん、どうしたものでしょうね。」

宮田《みやた》さんが、青い顔《かお》をして明智に相談《そうだん》しました。

「あすまで、返事を待ってくれという無電をうっておくのですね。そのあいだに、ぼくは、ちょっとやってみたいことがあるのです。ひょっとしたら、うまく賢吉君《けんきちくん》をとりもどすことができるかもしれません。」

明智は、なにか、自信《じしん》ありげにいうのでした。

そこで、船長《せんちょう》は技師をよんで、あしたまで、返事を待ってくれという無電をうたせました。

「明智さん、やってみたいとおっしゃるのは、どういうことですか。」

船長がたずねますと、明智はおもいもよらぬことをいいだしました。

「今夜《こんや》のうちに、そっと上陸《じょうりく》しようとおもうのです。ボートでは、敵《てき》にさとられる心配《しんぱい》がありますから、やはり、潜航艇《せんこうてい》に乗《の》って海岸《かいがん》に近づき、あとは、岸まで泳《およ》げばよいのです。小林《こばやし》をつれていきます。あすの昼《ひる》まえには帰るつもりですが、もっとおそくなるかもしれ

ません。ぼくの帰るまで、無電《むでん》の返事《へんじ》はのばしておいてください。」

みんながいくらたずねても、明智《あけち》は、それ以上はなにもいいませんでした。しかし、宮《みや》田《た》さんも船長《せんちょう》も、名探偵《めいたんてい》の腕《うで》まえをよく知っていましたから、深《ふか》くもたずねないで、明智の上陸にさんせいしました。

それを聞いた小林少年《こばやししょうねん》は、おおよろこびです。先生とふたりで、潜航艇《せんこうてい》に乗《の》り冒険《ぼうけん》にでかけるのかとおもうと、うれしくてたまりません。

それから、ふたりが出発《しゅっぱつ》したのは、もう真夜中《まよなか》すぎでした。ハヤブサ丸《まる》からボートをおろし、すぐそばに浮《う》きあがっている潜航艇に乗りうつりました。艇はすぐに潜水《せんすい》して出発し、十分もかからないで海岸《かいがん》につきましたが、そのへんはさびしい岩ばかりの海岸で、桟《さん》橋《ばし》もありませんから、横《よこ》づけにすることはできません。岸《きし》から百メートルもはなれたところに、浮きあがりました。

明智探偵《あけちたんてい》と小林少年は、服《ふく》もシャツもぬいで、靴《くつ》といっしょに小さくまるめ、それを頭の上にくくりつけて、海の中にとびこみました。

そのへんは、見あげるばかりの岩のきりたった岸で、その下に荒波《あらなみ》がおしよせ、まっ白にあわだっています。その中に一か所だけ、岩のひくくなったところがあり、小さな漁船《ぎょせん》などは、そこへつくようになっていました。ふたりは、その船《ふな》つき場《ば》にむかって、ぬきてをきって泳《およ》ぎだしました。

明智探偵《あけちたんてい》はもちろん、小林少年《こばやししょうねん》も水泳《すいえい》はとくいでしたから、荒波《あらなみ》をものともせず、グングン泳ぎきって、岩の岸《きし》によじのぼりました。そして、そこでからだをふいて、シャツと服を着《き》ると、段々《だんだん》になった岩を上までのぼり、まっ暗《くら》なあれ地を、近くの漁師《りょうし》の集落《しゅうらく》にむかっていそぎました。そのへんは、田も畑《はたけ》もないあれ地で、漁師の家が五、六軒《けん》かたまっているばかりの、ほんとうにさびしい集落でした。その五、六軒の家も、みんな寝《ね》しずまって、まっ暗で、シーンとしずまりかえっているのです。

ふたりは、その一軒の家をたたきおこして、たくさんのおかねを出して、漁師の服《ふく》をゆずってもらい、着ていた服をぬいで、それと着がえました。つまり、漁師の親子《おやこ》に変装《へんそう》したのです。きたないカーキ色のズボン、やぶれてつぎのあたったシャツ、頭にはてぬぐいの鉢《はち》まきという、いでたちです。

「どうも、顔《かお》が白すぎるね。すこし、おけしょうをしたほうがいいだろう。」

明智はそんなことをいって、漁師の家の壁《かべ》にたまっていたススを手につけて、自分の顔と小林少年の顔に、ベタベタぬりつけました。これでふたりは、すっかり漁師らしくなったのです。

それから、そこにこしかけて、そのへんの地理《ちり》をくわしくたずねました。こんどの冒険《ぼうけん》には、やはり、土地のようすをよく知っておかねばならないからです。

そうして話しているうちに、東の空が、ボーッと明るくなってきました。太陽《たいよう》が出る前のうすあかりです。

そこで、ふたりは漁師《りょうし》におれいをいって外に出ました。もう、足もとが見えないほどではなく、いくら歩いてもあぶなくはありません。ふたりは海岸《かいがん》にそって、テクテクと歩きだしました。

一直線に歩くのではなくて、松《まつ》の林があればその中をしらべ、小高くなった丘《おか》があればそのまわりをしらべ、地面《じめん》に穴《あな》があればその中をのぞくというふうに、なにかをさがしながら歩きまわるのでした。

海のほうをながめると、ハヤブサ丸《まる》の船体が、ボーッと黒く見えています。そのハヤブサ丸が、いちばん近くに見えるところにきますと、明智探偵《あけちたんてい》は、いままでよりは、いっそう注意《ちゅうい》ぶかく、そのへんの地面をしらべていましたが、ふと立ちどまって、むこうの松の林を見つめました。

そこには大きな松の木が五、六本はえて、その下にせいのひくい木が、いっぱいしげっていました。名探偵《めいたんてい》は、そのしげみの中になにかを見つけたのです。

「しずかに、音をたてないように。」

小林少年《こばやししょうねん》に、そっとささやいて、そこに近づくと、松《まつ》の木の太い幹《みき》のかげに、からだをかくして、むこうのしげみを、すかして見るのでした。

まだうす暗《ぐら》い夜あけ前でしたが、じっと見ていると、だんだん目がなれて、そのへんがはっきり見えてきました。

「おや、こんなところに、モグラがいるのかしら？」

小林少年は、おどろいてそこを見つめました。しげみの中の草が、グラグラと動《うご》いているのです。猟犬《りょうけん》のようにするどい明智探偵《あけちたんてい》は、さっきから、それに気づいていたのでしょう。

草は、ますますひどく動きだしました。六十センチ四方《しほう》ほどの地面《じめん》が、草といっしょに、グーッと持ちあがってくるのです。そして、あっとおもうまに、その草のはえた土が横《よこ》に動いて、そのあとに、まっ暗《くら》な四角い穴《あな》がひらきました。

それから、じつにふしぎなことがおこったのです。その四角い穴から、何者《なにもの》かがギューッと、首を出したではありませんか。それはモグラではなくて人間の首でした。

その人間の首は、用心《ようじん》ぶかくキョロキョロとあたりを見まわしていましたが、こちらのふたりにはすこしも気づかず、だれもいないとおもったのか、そのまま穴からはいだしてきました。その男は、やっぱり、そのへんの漁師《りょうし》のようなふうをしていました。三十五、穴の強そうな男です。

これはいったい、どうしたわけなのでしょう。海岸《かいがん》の地面《じめん》の中から、ひとりの人間が、わきだしてきたのです。

この男は、ツチグモのように、土の中に住《す》んでいるのでしょうか。あの黒い穴《あな》の下には、なにがあるのでしょう。そこは*防空《ぼうくう》ごうのように広《ひろ》くなって、人間のすまいになってでもいるのでしょうか。

穴から出たあやしい男は、草のはえた土をもとにもどして、穴のふたをしました。それから、もう一度《ど》よくあたりを見まわして、どこへいくのか、いそぎ足に歩きだしました。

明智探偵《あけちたんてい》は、それを見ると、小林少年《こばやししょうねん》の腕《うで》をつっついて、あいずをしました。そして、あいてにさとられぬように、そっと男のあとを尾行《びこう》しはじめたのです。

あやしい男は、海岸の反対《はんたい》の方角へ、どんどん歩いていきます。そちらには、さっきの集落《しゅうらく》とちがって、もっと大きな漁師村《りょうしむら》があるのです。

その道に、小高い丘《おか》がそびえていました。男はテクテクと、その丘の下を歩いています。そのとき、明智探偵はまた小林君《こばやしくん》の腕をつっつきました。そして、いきなりかけだしたのです。

おそろしい速《はや》さです。まるで、黒い風が吹《ふ》きすぎるようでした。小林君もつづいて、いっ

＊ 空襲《くうしゅう》のとき、避難《ひなん》するために地面をほって作った穴ぐら

しょうけんめいにかけだしました。

明智《あけち》の黒い影《かげ》が、パッとあやしい男のうしろからとびかかりました。そしてあっというまに、男は、そこへねじふせられてしまいました。

はだかの勇士《ゆうし》

明智探偵《あけちたんてい》は、なんのためにその男をとらえたのでしょうか。また、その男をどこへつれていって、なにをしたのでしょうか。それはしばらく、おあずけにしておいて、お話はそれから五、六時間たった、その日のおひるごろのできごとにうつります。

沖《おき》に碇泊《ていはく》しているハヤブサ丸《まる》では、宮田《みやた》さんや、船長《せんちょう》や、サルベージ会社の技師《ぎし》や、そのほか多くの船員《せんいん》が甲板《かんぱん》にあがって、海面《かいめん》を見つめていました。

岸のほうから、一そうの小船が、ハヤブサ丸をめがけて近づいてきたからです。その船には、おとなと子どもと、ふたりの漁師《りょうし》が乗《の》っています。おとなのほうが、ろをこいでいるのです。

まもなく、小船はハヤブサ丸のすぐ下まで来ました。そして、甲板の人たちにむかって、手をふりながら、大きな声でどなっています。

「はしごを、おろしてくれ。」

見も知らぬ漁師《りょうし》が、ハヤブサ丸《まる》に、乗《の》せてくれといっているのです。

「おまえはだれだ……。なんの用事《ようじ》があるんだ……」

甲板《かんぱん》から、だれかが大声でたずねました。

「ぼくは明智《あけち》だ。よく顔《かお》を見てくれ。ここにいるのは小林《こばやし》だよ……」

甲板の人たちは、明智探偵《あけちたんてい》と聞いて、びっくりしてしまいました。しかし、よく見ると、顔は黒くよごれているけれど、明智にちがいないことがわかりましたので、いそいではしごをおろしました。

漁師姿《りょうしすがた》の明智と小林少年《こばやししょうねん》とは、はしごをのぼって甲板にあがり、宮田《みやた》さんや船長《せんちょう》や技師《ぎし》などといっしょに、下の船室《せんしつ》へはいりました。そして、三十分ほどなにか相談《そうだん》をしていましたが、それがおわると、明智探偵は、なにか大きな黒いふろしきづつみをこわきにかかえて、甲板にあがってきました。そして、小林少年といっしょに、また、もとの小船に乗りうつって、そのまま岩ばかりの海岸《かいがん》にむかっていきました。

ふたりが帰ってしまうと、ハヤブサ丸《まる》の中は、にわかにさわがしくなってきました。船長が、船員《せんいん》や水夫《すいふ》たちをよびあつめて、ある命令《めいれい》をくだしました。すると、船員や水夫は、いそがしそうに、あちこちと歩きまわってなにかの用意《ようい》をはじめたのです。まるで戦争《せんそう》でもはじまるようなさわぎです。

無電技師《むでんぎし》は、味方《みかた》の潜航艇《せんこうてい》を無電《むでん》でよびかえし、まもなく、あの小型潜航艇《こがたせんこうてい》が、ハヤブサ丸《まる》のすぐそばに浮《う》きあがりました。すると、ハヤブサ丸のボートがおろされ、十三人のはだかの船員《せんいん》や水夫《すいふ》たちが、そのボートに乗《の》りこみました。ズボン下ひとつのまっぱだかです。みんな、肩《かた》の筋肉《きんにく》がリュウリュウともりあがり、腕《うで》には大きな力こぶのある強そうな人たちばかりです。

そのはだかの人たちはみんな、背中《せなか》に酸素《さんそ》ボンベをつけ、水中めがねを持ち、足のさきには大きな水かきをはめ、手にはみょうな形《かたち》の水中銃《すいちゅうじゅう》を持っていました。

ボートはロープで潜航艇のうしろにつながれ、やがて、潜航艇は、海面《かいめん》に浮きあがったまま、ボートをひっぱってどこかへ出発《しゅっぱつ》するのでした。

それから二十分ほどたったころ、潜航艇は、岬《みさき》のすぐそばの、岩ばかりの海底《かいてい》に沈《しず》んで、ヘッドライトの三《み》つ目《め》を、ギラギラとひからせていました。

そのむこうの断崖《だんがい》のようになった岩に、大きなほら穴《あな》があるのです。ゆうべ、敵《てき》の魚形《ぎょけい》潜航艇《せんこうてい》が、とつぜん消《き》えてしまったのは、このへんでした。そのときは、ほら穴の前にそびえている岩山にへだてられて、ほら穴が見えなかったのです。

さっき、明智探偵《あけちたんてい》は、敵の魚形艇が消えたへんに、きっとほら穴があるから、さがすようにと、いいのこしていきましたので、味方《みかた》の潜航艇《せんこうてい》がそれをさがしまわって、やっと見つけたのでした。そのほら穴《あな》は、魚形艇《ぎょけいてい》がやっとはいれるほどの大きさです。おくのほうはまっ暗《くら》で見えませんが、ひじょうに深《ふか》い洞窟《どうくつ》のようです。ボートに乗って、味方の潜航《せんこう》艇《てい》に引かれてきた十三人のはだかの勇士《ゆうし》は、ボートから海底《かいてい》にもぐって、洞窟の入り口のまわりを泳《およ》ぎまわっています。

ゆうべ、ハヤブサ丸《まる》のそばの海底《かいてい》にあらわれた、鉄《てつ》の人魚《にんぎょ》たちは、そのへんにちらばっていた金の棒《ぼう》をひろいあつめて、やはりこのほら穴の中へ、もどっているにちがいないのです。その鉄の人魚どもが、いつまた出てくるかもしれません。もし出てきたら、水中銃《すいちゅうじゅう》でうってやろうと、はだかの勇士たちは待ちかまえているのです。

十三人のはだかの勇士が、水中めがねをつけ、ボンベをせおい、足には大きな水かきをつけ、水中銃をかまえて、ほら穴の上下左右を、じゅうおうに泳ぎまわっているありさまは、じつにいさましい光景《こうけい》でした。ある者《もの》は、洞窟にもぐりこんで、中のようすをしらべようとしています。

明智探偵《あけちたんてい》の報告《ほうこく》によって、賢吉少年《けんきちしょうねん》も、この洞窟の中につれこまれていることがわかりましたので、あわよくば洞窟のおく深《ふか》く泳ぎこんで、賢吉少年をさがしだそうとしているのです。

それにしても、賢吉君《けんきちくん》は洞窟《どうくつ》の中で、怪物団《かいぶつだん》のために、どんなひどいめにあっているのでしょうか。

洞窟《どうくつ》の牢獄《ろうごく》

そのとき、賢吉少年は、洞窟の中の牢獄《ろうごく》におしこめられていました。

はだかの勇士《ゆうし》たちが、泳《およ》ぎまわっているほら穴《あな》は、おくへ行くほど広くなっていて、そこに敵《てき》の魚形艇《ぎょけいてい》がかくれているのですが、さらにおくへすすみますと、穴がだんだん上のほうへむかって、やがて海面《かいめん》よりも高くなり、もう水のない洞窟になっています。そして、鍾乳洞《しょうにゅうどう》のようにいりくんだぬけ道があり、ところどころに、部屋《へや》のような広い場所《ばしょ》もあります。鉄《てつ》の人魚《にんぎょ》の怪物団《かいぶつだん》は、この、人の知らない洞窟を見つけて、そこを根城《ねじろ》にしていたのです。

まがりくねった枝道《えだみち》のひとつに、二畳《じょう》ほどの部屋のようなくぼみがあって、その前に、スギ丸太《まるた》をたて横《よこ》に組みあわせた牢屋《ろうや》の格子《こうし》のようなものが、たちふさがっています。洞窟の中の牢獄なのです。

そのまっ暗《くら》な牢獄の中に、学生服《がくせいふく》を着《き》たひとりの少年が、しょんぼりとうずくまっていました。それが賢吉少年《けんきちしょうねん》でした。たべものは、ちゃんとはこんでくれますし、べつにひどいめにあうわけではありませんが、格子《こうし》の中にとじこめられているのですから、どこへも行くことができません。話しあいてもなく、なにも見えないまっ暗《くら》な中に、じっとしているほかはありません。じつにさびしいこころぼそい身《み》のうえです。

「いまごろ、小林《こばやし》さんや明智先生《あけちせんせい》は、どうしているのかなあ。ぼくがここへつれられてきたことは、だれも知らないにきまっている。いくら名探偵《めいたんてい》の明智先生でも、気がつかないだろう。ああ、おとうさんにあいたいなあ。ぼくはなぜハヤブサ丸《まる》なんかに乗《の》りこんだのだろう。よせばよかった。そうすれば、いまごろは、東京《とうきょう》のおうちに、おかあさんといっしょにいられたのだ。」

そうおもうと賢吉君《けんきちくん》はいきなり、「おとうさん、おかあさん……。」と大きな声でさけびたくなりました。そして、両方《りょうほう》の目から、あつい涙《なみだ》があふれだしてきて、ボロボロと、ほおをつたい落《お》ちるのでした。

ふと気がつくと、格子の外の岩壁《いわかべ》に、チロチロと光がさしていました。だれかが懐中電《かいちゅうでん》灯《とう》をてらして、こちらへやってくるらしいのです。

「賊《ぞく》の手下《てした》が、たべものを持ってきたのかしら。」

とおもいましたが、それにはまだ時間《じかん》がはやいのです。

「ひょっとしたら、格子《こうし》の外へつれだされて、ひどいめにあわされるのではあるまいか。」

ふと、そう考えると、賢吉君《けんきちくん》はもうおそろしくてしかたがありません。おもわず、ほら穴《あな》のすみっこへ身《み》をちぢめて、ブルブルふるえていました。

でこぼこの岩壁《いわかべ》に反射《はんしゃ》する光はだんだん強くなり、やがて、むこうから怪物《かいぶつ》の目玉のような懐中電灯《かいちゅうでんとう》が、ユラユラとゆれながら近づいてきました。それを見ると、賢吉君の心臓《しんぞう》は、まるでたいこでもたたくように、おそろしい速《はや》さでうちはじめました。

懐中電灯は、賢吉君のいる牢獄《ろうごく》の格子の前で、ピッタリとまりました。そして、岩の牢獄の中を、ズーッとひとわたりてらしてから、そこへきた男は、自分の顔《かお》のほうへ、光をあてて見せました。いつもたべものをはこんでくれる、賊《ぞく》の手下《てした》です。

その男は、右手で懐中電灯を持ち、左手では、子どものからだぐらいもある黒いふろしきづつみをかかえていました。それは、なんだかえたいの知れない、気味《きみ》のわるい形《かたち》のものです。

賢吉君は、あの黒いふろしきづつみの中には、いったい、なにがはいっているのだろうとおもうと、いっそうおそろしくなって、からだがブルブルふるえてくるのでした。

「賢吉君……」

その男が、よびかけました。やさしい声です。賢吉君は、「おやっ、へんだな」とおもいました。いつもの男の声とは、まるでちがっていたからです。

「わたしだよ。わたしだよ。悪者《わるもの》に変装《へんそう》しているけれど、よくごらん、わたしは明智《あけち》だよ。」

それを聞くと、賢吉君《けんきちくん》はハッとして、おもわず立ちあがりました。そして、格子《こうし》のそばによって、男の顔《かお》を見つめました。賊《ぞく》の手下《てした》とそっくりに変装していましたが、よく見ると明智先生《あけちせんせい》でした。うす黒くぬった顔の中から、あのなつかしい明智先生のおもかげが、よく見るとスーッと浮《う》きだすように見えてくるのでした。

「あっ、先生！」

賢吉君は、格子にとりすがって、おもわずさけびました。

「そんな大きな声を出しちゃいけない。わたしはきみを、たすけだしにきたのだ。いまに小林《こばやし》も、ここへくるからね。」

明智探偵《あけちたんてい》は、そういって、懐中電灯《かいちゅうでんとう》を高くあげて、トンネルのようになったほら穴《あな》のむこうのほうにむかって、二、三度《ど》ふりてらしました。

すると、それがあいずだったらしく、まっ暗《くら》なむこうのほうから、何者《なにもの》かが近づいてきましたが、それが明智の懐中電灯の光の中にはいると、漁師《りょうし》のような着物《きもの》をきた、ひとりの少年でした。

「おやっ、へんな子どもが来たな。」

とおもってよく見ますと、その子どもも顔《かお》を黒くぬっていましたが、どこかに小林君《こばやしくん》のおもかげがありました。やっぱり小林少年《こばやししょうねん》の変装姿《へんそうすがた》だったのです。

「あっ、小林さん……。」

賢吉少年《けんきちしょうねん》は、また、さけばないではいられませんでした。

明智探偵《あけちたんてい》は、用意《ようい》していたかぎをとりだして、牢獄《ろうごく》の格子《こうし》の戸をひらき、小林少年とふたりで中へはいってきました。

「賢吉君《けんきちくん》、ぶじでよかったね。」

小林少年は、いきなり賢吉君にだきついていきました。賢吉君も小林少年にとりすがって、まるで、ひさしぶりに出あった兄弟《きょうだい》のようにだきあったまま、いつまでもはなれないのでした。

「賢吉君、これから、きみをたすけだすのには、いろいろトリックをつかわなければならない、なかなかむずかしい仕事《しごと》なんだよ。それに、ぐずぐずしていて敵《てき》に見つかったら、たいへんだから、おおいそぎでやらなければならない。くわしい話はあとですることにして、すぐにトリックにとりかかるよ。まず、きみは小林君と服《ふく》をとりかえるんだ。」

明智探偵《あけちたんてい》はそういって、自分も手つだって、手ばやく、ふたりの服をとりかえさせました。つまり小林君は学生服《がくせいふく》を着《き》て賢吉君《けんきちくん》になりすまし、賢吉君は小林君の着てきた漁師《りょうし》の子どもの着物《きもの》を着《き》たのです。

着がえがすむと、明智《あけち》はふところから、ぬれた手ぬぐいを出して、ススをぬった小林君《こばやしくん》の顔《かお》をきれいにふきとり、そのよごれた手ぬぐいで賢吉君《けんきちくん》の顔をなでまわしました。すると、いままで、きたなかった小林君の顔がきれいになり、きれいだった賢吉君が、日にやけた漁師《りょうし》の子どもに、早がわりしてしまいました。

「賢吉君は、わたしといっしょに、陸《りく》のほうにひらいている穴《あな》から逃《に》げだして、船に乗ってハヤブサ丸《まる》に帰るんだ。わたしも、この服をぬいで、漁師の着物を着るから、漁師の親子が船に乗っているとおもって、だれもうたがわないのだよ。」

明智はそういって、さっき、左手にかかえていた、大きなふろしきづつみを、賢吉君になりすました小林少年《こばやししょうねん》にわたしました。

「いいかい。これでうまくやるんだよ。わたしは、じきに帰ってくるからね。それまで、きみの腕《うで》まえで、うまく敵《てき》をあやつっておくのだよ。」

「はい、だいじょうぶです。きっとうまくやります。」

小林君は、元気よくこたえました。

それから、明智探偵《あけちたんてい》は、格子《こうし》の外に出て、その近くの岩穴の中にかくしておいた漁師の着物と着がえ、賢吉少年《けんきちしょうねん》をつれて、岩のトンネルをグルグルまわりながら、陸地《りくち》にひらい

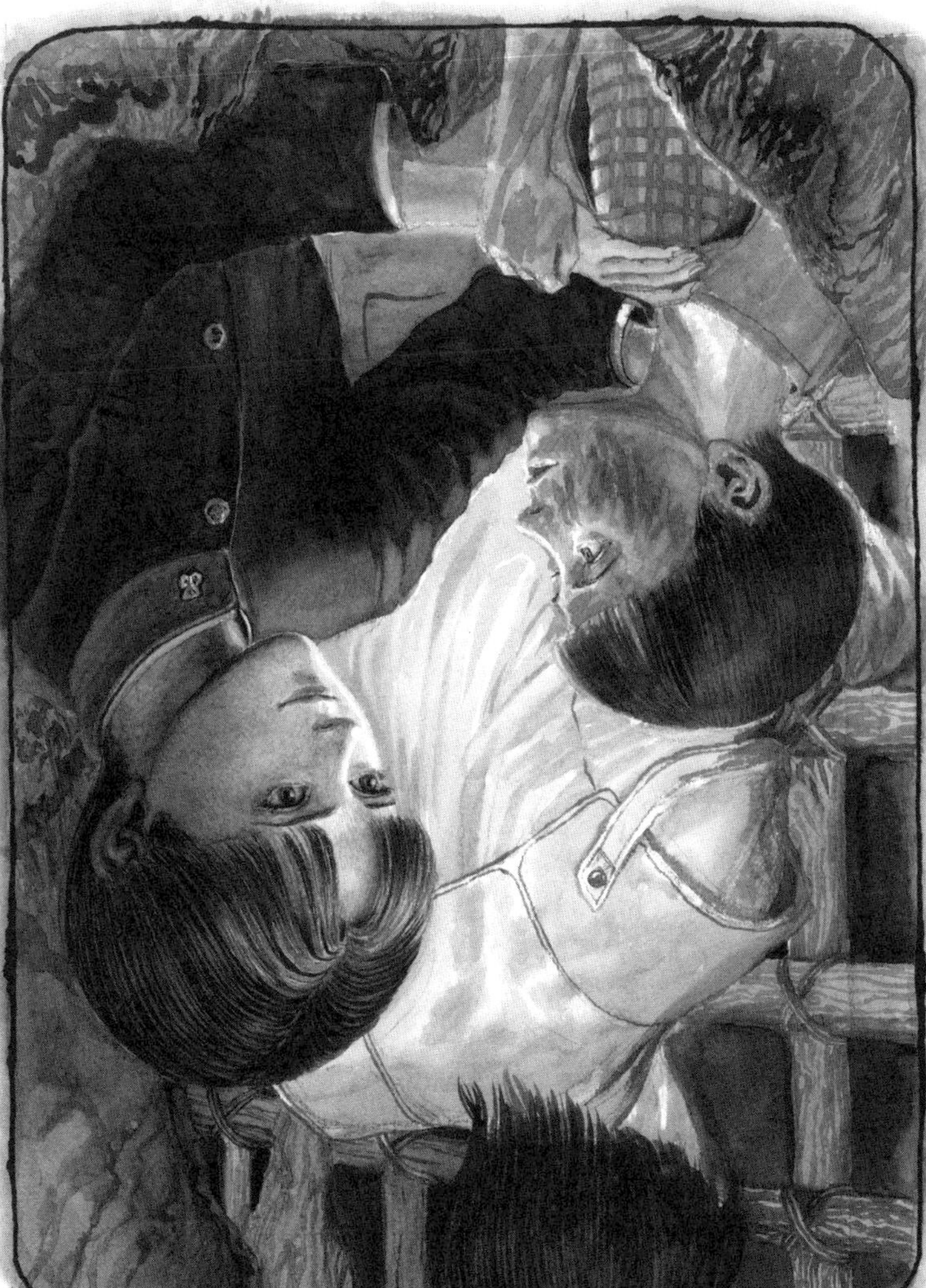

ている、例《れい》の小さな穴《あな》のほうへいそぐのでした。

それからしばらくすると、賊《ぞく》の洞窟《どうくつ》の中に、なんだか、えたいの知れない、きみょうなことがおこりました。

賊の手下《てした》のひとりが、懐中電灯《かいちゅうでんとう》を持って、岩のトンネルの中を歩いていますと、むこうのほうに、黒い人影《ひとかげ》のようなものがチラッと動《うご》くのが見えました。

なんだか、ひどくせいのひくい、子どもみたいなやつです。賊の手下は、おやっとおもって立ちどまりました。

「あんな小さなやつは、なかまにはいないはずだ。ひょっとしたら、賢吉《けんきち》のやつが、格子《こうし》をやぶって逃《に》げだしたのじゃないかしら。」

もしそうだとすれば、たいへんです。その男はキッとなって、いきなりその黒い人影を追《お》っかけました。

「おい、そこにいるのは、だれだ。待てっ、待たないか。」

懐中電灯をふりてらして走りましたが、小さな人影は、まるでリスのようにすばやくて、迷路《めいろ》の洞窟《どうくつ》の中を、グルグル逃げまわるので、とうとう見うしなってしまいました。

「チェッ、すばしっこいやつだ。だが、もしあれが賢吉だったとすれば、牢《ろう》の格子の中が、からっぽになっているはずだ。よしっ、それをたしかめてみよう。」

男は、そうおもって、牢獄《ろうごく》のほうへいそぎました。そして、格子《こうし》の外に立つと、懐中電灯《かいちゅうでんとう》で中をてらしてみましたが、ふしぎなことに、賢吉少年《けんきちしょうねん》は、ちゃんとそこにいたではありませんか。岩部屋《いわべや》のむこうのすみっこに、首をうなだれてじっとうずくまっているのです。

男は、中にはいってしらべてみようとおもいましたが、格子の戸には、大きな錠《じょう》がついていて、かぎがなくてはひらくことができません。そのかぎは明智探偵《あけちたんてい》のばけている、あのジャンパーを着《き》た賊《ぞく》の手下《てした》が持っているのです。そこで男は、その手下をさがすために、みんなのいる広い洞窟《どうくつ》のほうへかけだしました。

岩のトンネルをかけていますと、またしても、むこうの闇《やみ》の中に、小さい黒い人影《ひとかげ》が、チラッと見えました。いそいで、そのほうに懐中電灯をむけました。すると、パッと、まがりかどのむこうへ姿《すがた》をかくしましたが、そいつは、賢吉少年とそっくりの学生服《がくせいふく》を着ていました。せいの高さもおんなじです。

男は、ゆめでも見ているような、へんな気持ちになりました。賢吉少年がふたりになったのです。ひとりはかぎのかかった格子の中にうずくまっている。ひとりは、洞窟の中を、自由じざいにかけまわっている。こんなふしぎなことはありません。男はなんだか、気味《きみ》がわるくなってきました。そこで、その男は、いきなり、黒覆面《くろふくめん》の首領《しゅりょう》の部屋《へや》へかけこんで、ことのしだいをつげますと、首領《しゅりょう》は、みんなでかぎを持っているジャックをさがすように命令《めいれい》しました。

しかし、賊《ぞく》の手下《てした》たちが手わけをして、三十分ほども洞窟《どうくつ》の中をさがしまわっても、きみょうな子どももジャックも、どうしても見つからないのでした。

その捜索《そうさく》がむだにおわって、また三十分もたったころでした。ひとりの手下が、首領の部屋《へや》にかけこんできて、あわただしく報告《ほうこく》しました。

「首領、来ました、来ました。賢吉《けんきち》のかかりのジャックのやつが、どこからか、ヒョッコリ帰ってきました。いまここへやってきます。」

ジャックというのは、牢獄《ろうごく》の格子《こうし》のかぎを持っている男のあだ名です。

その報告《ほうこく》が、おわるかおわらないうちに、首領の部屋の入り口へ、ジャックがスーッと姿《すがた》をあらわしました。ジャンパーにカーキズボンのあの男です。

怪《かい》少《しょう》年《ねん》

首領は、ジャックをテーブルの前によびつけて、しかりつけました。

「ジャック、どこへ行ってたのだ。おまえをさがしだしてから、もう一時間にもなるぞ。

いったい、そんな長いあいだ、どこへあそびにいっていたんだ。」

首領《しゅりょう》の前に立ったジャックは、にやにや笑《わら》って、頭をかきました。

「村へ行って、漁師《りょうし》の家でごちそうになったもんだから、つい、おそくなって……」

「なんだと？　村へあそびにいった？　用事をすませたら、すぐ帰れと、あれほどいってあるじゃないか。漁師なんかとつきあって、このかくれがを感づかれたら、どうするんだ。」

「へえ、もうしわけありません。これから、気をつけます。」

ジャックはうつむいて、しんみょうにしています。

「おまえは、牢屋《ろうや》のかぎを、あずかっているんだろう。その牢屋に、へんなことがおこったのだ。賢吉《けんきち》のやつが、牢屋をぬけだしたらしい。洞窟《どうくつ》の中に、チョロチョロと姿《すがた》をあらわすのだ。だが、あの子どもは、いつのまに、そんなにすばしっこくなったのか、みんなが追《お》っかけても、どうしてもつかまらないのだ。

ところが、牢屋へいって、格子《こうし》の中をのぞいて見ると、賢吉はちゃんとその中にうずくまっている。なんだか、わけがわからないのだ。みんなは、賢吉がふたりになったといっている。

だが、そんなばかなことはない。どちらかが、にせものなんだ。それで、牢屋にいる賢吉をしらべようとしたが、牢屋《ろうや》の戸をひらくかぎがない。かぎはおまえが持っているからだ。さあ、すぐに牢屋をしらべてみよう。まさか、かぎをなくしはしまいな。」

「へえ。それは、ちゃんと、ここに持っております。じゃあ、牢屋へ、おともしましょう。」

ジャックはそういって、さきに立ちました。覆面《ふくめん》に黒マントの首領《しゅりょう》は、そのあとからついてきます。

ふたりは、まっ暗《くら》な岩のトンネルをとおって、牢屋の前に来ました。ジャックがかぎで、牢屋の戸をひらき、ふたりはその中にはいりました。

見ると、賢吉少年《けんきちしょうねん》は、岩屋《いわや》のすみっこにうつむいて、うずくまっています。ふたりがはいってきても、身動《みうご》きもしません。眠《ねむ》っているのか、それとも死んでしまったのではないかとおもわれるほどです。

首領はツカツカと、そのそばによって、うつむいている賢吉君《けんきちくん》の頭をおさえて、グッと顔《かお》をあおむけましたが、その顔を、ひと目見ると、

「あっ。」

と、声をたてて、タジタジと、あとじさりをしました。それは人間の顔ではなかったからです。ジャックも、それを見てびっくりしています。

ふたりは、なぜそんなに、おどろいたのでしょうか。それは生きた人間の顔《かお》でなくて、マネキンの顔だったからです。洋服屋《ようふくや》のショーウインドーにかざってある、子ども人形《にんぎょう》の顔だったからです。

首領《しゅりょう》は、人形とわかると、はらだたしげに、ひきちぎるように上着《うわぎ》をぬがせましたが、からだはワラのたばでできていることがわかりました。ワラたばに洋服を着《き》せて、賢吉少年《けんきちしょう》年《ねん》に見せかけてあったのです。

「賢吉のやつ、こんな人形でごまかしておいて、やっぱり逃《に》げだしたんだな。ちくしょうめ。」

いきなり、ワラたばをひきだして、ふみにじりました。そのひょうしに、人形の首がとれて、コロコロところがり、まるで少年が首をきられたように見えました。

それにしても、人形の首やワラたばは、いったいだれが持ってきたのでしょう。また、人形に服を着せて逃げだした賢吉少年は、いったいなにを着ているのでしょう。

首領は、ふしぎでたまらないという顔つきで、首をかしげました。

しかし、読者諸君《どくしゃしょくん》は、よくごぞんじです。賊《ぞく》の手下のジャックにばけた明智探偵《あけちたんてい》が、ハヤブサ丸《まる》から人形の首や、ワラたばを牢屋《ろうや》の中に持ちこみ、賢吉君《けんきちくん》の服をそれに着せ、賢吉君には小林少年《こばやししょうねん》が着ていた漁師《りょうし》の子どものを着せ、明智自身《あけちじしん》も漁師の着物《きもの》を着て、ほんとうの賢吉君《けんきちくん》は、船に乗《の》せてハヤブサ丸《まる》へつれてかえったのです。

ですから、洞窟《どうくつ》の中にチラチラと、姿《すがた》を見せている子どもは、賢吉君ではなくて小林少《こばやししょう》年《ねん》なのです。小林少年が賢吉君の服を着て、ばけているのです。

しかし、賊《ぞく》の首領《しゅりょう》は何も知りません。洞窟の中が暗《くら》いのと、明智《あけち》の変装《へんそう》がうまいので、首領は、ほんとうのジャックだとおもいこんでいるのです。

「よし、おれが自分で賢吉をつかまえてやる。まだ洞窟の中にいるにちがいない。ジャック、おまえも手つだえ。」

首領は牢屋《ろうや》を出ると、まっ暗《くら》な岩のトンネルの中を、グルグルと、歩きはじめました。

ジャックがうしろから、懐中電灯《かいちゅうでんとう》をてらしてついていきます。

しばらく歩いていきますと、むこうのほうを、小さな黒い影《かげ》がサッと横《よこ》ぎるのが見えました。

「や、いたぞ。あれが賢吉にちがいない。もう、のがさないぞ。」

覆面《ふくめん》の首領は、黒いマントをひるがえして、そのほうへ走りだしました。ジャックも、あとにつづきます。

「いる、いる。あそこを走っている。たしかに賢吉のやつだっ。」

首領は、いっそう足を速《はや》めました。子どもとおとなですから、かけっこには、かないません。追《お》う者《もの》と、追われる者のあいだは、みるみるせばまっていきました。ああ、あぶない、賢吉君《けんきちくん》にばけた小林少年《こばやししょうねん》は、いまに、つかまってしまうのではないでしょうか。

「あっ、あいつ、階段《かいだん》をのぼっている。洞窟《どうくつ》の外へ、逃《に》げだす気だなっ。」

首領《しゅりょう》が、走りながら、いまいましそうにいいました。その石の階段の上には、例《れい》の陸上《りくじょう》にひらいている、小さな穴《あな》があるのです。

首領は、とぶように階段にかけつけ、下から少年の服《ふく》をつかもうとしました。もう三十センチぐらいで、手がとどきそうです。

しかし、少年のほうが、すばやかったのです。彼《かれ》は地上への出口の、草のはえたかたい土のかたまりをおしのけて、パッと穴の外へ、とびだしてしまいました。

覆面《ふくめん》の首領は、すぐそのあとから、穴の外へ顔《かお》を出しましたが、そこをひと目見ると、ハッとして首をひっこめてしまいました。

穴の外に、おそろしいものがいたからです。どうして、いつのまにやってきたのか、穴の外の林の中に、制服《せいふく》の警官《けいかん》が五、六名、ズラッとならんで、こちらをにらんでいたのです。賢吉君になりすました小林少年は、その警官のまんなかにはさまれて、にこにこして立っていました。

「たいへんだっ。警官が来た。ジャック、逃げるんだ。はやく、逃げるんだ。」

首領《しゅりょう》は、おおいそぎで、石の階段《かいだん》をかけおり、ジャックをおすようにして、洞窟《どうくつ》のおくのほうへかけだしました。

ふたりは、グルグルまがっているトンネルの中を、死《し》にものぐるいで走りました。そして、ついたところは、海のほうに近い広《ひろ》い洞窟でした。そこには、あのおそろしい八ぴきの鉄《てつ》の人魚《にんぎょ》が、ウジャウジャかたまって、すんでいるのです。

怪獣《かいじゅう》の秘密《ひみつ》

広い洞窟の中を八ぴきの鉄の人魚が、オリの中の野獣《やじゅう》のようにかたまっていました。

鉄でできたおそろしい顔《かお》に、リンのように青くひかる大きな目、口は耳までさけて、そのくちびるのあいだからニューッと牙《きば》がつきだしています。全身《ぜんしん》に鉄のウロコがはえ、頭から背中《せなか》にかけて、するどい鉄のトサカのようなギザギザがつづいています。胴体《どうたい》としっぽはワニとそっくりで、それが、やっぱり鉄でできています。大きさは、人間のおとなよりも大きいのです。

一ぴきでもおそろしいのに、そういう怪物《かいぶつ》が八ぴきもウジャウジャかたまっているのですから、そのぶきみさは、想像《そうぞう》もできないほどです。

覆面《ふくめん》の首領《しゅりょう》は、ジャックの持つ懐中電灯《かいちゅうでんとう》の光をたよりに、その怪獣《かいじゅう》の岩屋《いわや》へはいっていきました。そして、鉄《てつ》の人魚《にんぎょ》たちにむかって、大きな声で命令《めいれい》しました。

「おまえたち、よく聞け。陸《りく》の入り口から、いまに警官《けいかん》がふみこんでくる。おまえたちは、とちゅうまでいって、あいつらを攻撃《こうげき》するんだ。ひとりのこらず、穴《あな》の外へ、追《お》いだしてしまえ、そして、穴には中から大石《おおいし》をつめて、二度《ど》と、はいってこられないようにするんだ。わかったか。さあ、みんないっしょにでかけるんだ。」

鉄の怪物《かいぶつ》どもは、首領の命令《めいれい》をだまって聞いていました。そして、しばらくのあいだ、シーンとしずまりかえっていたかとおもうと、やがて、「ジャ、ジャ、ジャ、ジャ、ジャ」という、たくさんの鉄が一度にすれちがうような、おそろしい音がおこりました。鉄の人魚どもが、声をそろえて笑《わら》っているのです。

「こらっ、おまえたち、どうしたというのだ。おれがわからないのか。なぜ笑うのだ。なぜ、おれの命令にしたがわないのだっ。」

首領が、おそろしい声でどなりました。しかし、鉄のすれあう音は、しずまるどころか、ますますはげしくなっていきます。怪獣は、首領をばかにして、いつまでも笑いつづけているのです。

「きさまたち、頭がおかしくなったなっ。よし、おもい知らせてやる。」

首領《しゅりょう》はいきなり、靴《くつ》ばきの足をあげて、すぐそばにいた一ぴきの人魚《にんぎょ》の顔《かお》をパッとけりました。

　すると、にわかに、「ジャ、ジャ、ジャ、ジャ」という音が、ものすごい調子《ちょうし》にかわって、八ぴきの鉄《てつ》の人魚が、四方から首領めがけて、おそいかかってきました。彼《かれ》らの目のリンのような光は、パッともえたつように強くなり、するどい牙《きば》を、ガチガチとかみならし、するどいツメのはえた両手《りょうて》をひろげて首領のまわりをとりかこみ、いまにもくいつきそうな、ものすごい形相《ぎょうそう》をしめしました。

　さすがの怪物団《かいぶつだん》の首領も、それを見ると、ゾッとしたように立ちすくんでしまいました。どうして、こんなことがおこったのか、さっぱりわけがわかりません。部下《ぶか》の人魚どもが、にわかに首領にそむくとは、いったい、どうしたわけなのでしょう。

　するとそのとき、またしてもふしぎなことがおこりました。

「ジャ、ジャ、ジャ、ジャ、ジャ……」と笑《わら》っていた怪獣《かいじゅう》の声が、とつぜん、「ワハハハハ……」という人間の声にかわったのです。八ぴきの人魚が、人間のように笑いだしたのです。洞窟《どうくつ》もゆれるばかりの、おそろしい笑い声でした。

　それから、ガチャンガチャンというやかましい音がしたかとおもうと、人魚どもの腹《はら》のところが、二つにわれて、その中から、はだかの人間がとびだしてきました。

「ワハハハ……、どうだ、おどろいたか。おれたちは、きみの部下《ぶか》じゃないぞ。ハヤブサ丸《まる》からやってきた、八人の勇士《ゆうし》だ。」

鉄《てつ》の人魚《にんぎょ》の中から、まっさきにとびだしたひとりの若者《わかもの》が、どなりつけました。なるほど部下ではありません。八人が八人とも、まったく見知らぬ人間ばかりです。それを見ると、覆面《ふくめん》の首領《しゅりょう》は、あっと立ちすくんで、口をきく力もなくなってしまいました。

「アハハハ……、びっくりしているな。鉄の人魚なんて、おもちゃみたいなもんだ。鉄板《てっぱん》でこんな形《かたち》をつくって、中に酸素《さんそ》のボンベが三本もとりつけてある。だから、長いあいだ水中《すいちゅう》にいてもへいきなんだ。その中へ、きみの部下がはいって、われわれをおどかしていたんだ。目がリンのようにひかるのは、乾電池《かんでんち》で青い豆電灯《まめでんとう》がついているんだ。明智先生《あけちせんせい》が、ちゃんとそれを見ぬいてしまった。そして、おれたち、はだかの勇士を海の底《そこ》へ、おくってよこしたんだ。おれたちはボンベをしょって、海の底の洞窟《どうくつ》の入り口からしのびこんだ。そして、水中銃《すいちゅうじゅう》で八人のきみの部下をおどかし、人魚の鉄の皮《かわ》をぬがせて、おれたちがいれかわったのだ。きみの八人の部下は、手足をしばり、さるぐつわをはめて、むこうのほうの岩穴《いわあな》にころがしてあるよ。ワハハハハ……、どうだ、おどろいたか。」

覆面の首領《しゅりょう》は、こんなひどいめにあったことは、いままでに一度《ど》もありません。おそろしい敗北《はいぼく》です。

しかし、ぐずぐずしている場合ではありません。八人のはだかの勇士《ゆうし》が、いまにも、こちらへ、とびかかってきそうに見えるからです。

「ジャック、ついてこい。」

首領《しゅりょう》は、そうさけぶと、パッと身をひるがえして、矢のように走りだしました。

こんどはいったい、どこへ逃《に》げようというのでしょう。

彼《かれ》は黒いマントをひるがえして、海の底《そこ》への出口のほうへ走りました。ジャックもそのあとからつづきます。

しばらく走ると、パッと、目の前が広くなりました。そこには、海底《かいてい》からはいってきた水が、池のようになっているのです。広い洞窟《どうくつ》の中の池です。海底からの入り口は、水面《すいめん》のずっと下にあるのですが、洞窟がななめに上のほうへつづいているので、そのへんは、もう水面の上にあり、海水は池のように洞窟の底《そこ》にたたえられているのです。

その池の岸《きし》に、小さいクジラほどもある、まっ黒なものが浮《う》いていました。賊《ぞく》の魚形潜《ぎょけいせん》航艇《こうてい》です。その背中《せなか》に、すきとおったコブのようなものがあります。それはプラスチックのガラスでできた展望窓《てんぼうまど》です。また、それはちょうつがいで上にひらくようになっていて、艇への出入り口もかねています。

覆面《ふくめん》の首領は、ジャックをひきつれて、その岸へ走ってきました。

「さあ、これに乗《の》るんだ。そして、海の底《そこ》へ逃《に》げだすんだ。」

そういって、水岸《みずぎし》においてあった長い板《いた》を魚形艇《ぎょけいてい》の背中《せなか》にわたし、その上を歩いて、ガラスの展望窓《てんぼうまど》のところへ行って、それをひらくと、いきなり艇内《ていない》へすべりこんでいきました。

「ジャック、おまえもはいれ。そして、これを運転《うんてん》するんだ。」

首領《しゅりょう》によばれて、ジャックも板をわたり、艇内《ていない》にすべりこんだのです。そして、展望窓を、しっかりしめ、運転席《うんてんせき》についたかとおもうと、とんきょうな声をたてました。

「あっ、首領、たいへんだ。機械《きかい》がメチャメチャにこわれています。」

「えっ、機械が？」

首領もそこへとんできて機械をしらべましたが、何者《なにもの》かが、かなづちで、たたきこわしたらしく、とても、きゅうに修繕《しゅうぜん》することはできません。

「しかたがない。さいごの逃《に》げ場所《ばしょ》だ。」

首領が、舌《した》うちをしてどなりました。

「えっ、さいごの逃げ場所とは？」

「このむこうに、おれだけが知っている洞窟《どうくつ》の枝道《えだみち》がある。そこへ、逃げこむんだ。」

ふたりは、いそいで展望窓をひらき、もとの岩岸《いわぎし》にもどりました。

そして、洞窟《どうくつ》のうしろのほうを見ると、八人のはだかの勇士《ゆうし》と警官《けいかん》たちが、懐中電灯《かいちゅうでんとう》をてらして、こちらへいそいでくるようです。

「さあ、はやく、こっちだ。」

首領《しゅりょう》はジャックに声をかけて、かけだしました。そして、かどを一つまがると、岩のくぼみに立ちどまりました。

そして、そこの岩のさけめに手をかけると、力まかせにひっぱって、はば約六十センチほどの岩を動《うご》かしました。すると、そのうしろに人ひとり、やっと通《とお》れるほどの穴《あな》がひらいていたのです。

「はやく、ここへはいれ。そして、岩をもとのとおりにしておくんだ。そうすれば、だれも気がつきやしない。おれたちはたすかるのだ。」

ふたりはその穴の中にはいり、苦心《くしん》をして岩をもとの場所《ばしょ》にもどして、ふたをしてしまいました。

巨人《きょじん》と怪人《かいじん》

「この穴は、おくが深《ふか》いし、いくつも枝道《えだみち》がある。もうだいじょうぶだ。けっして、見つかる心配《しんぱい》はない。」

覆面《ふくめん》の首領《しゅりょう》は、岩穴《いわあな》をおくのほうへ歩きながら、自信《じしん》ありげにいうのでした。

「だが、ふしぎですね。陸《りく》のほうの出口からは、警官《けいかん》がはいってくるし、鉄《てつ》の人魚《にんぎょ》の中には、敵《てき》のやつらがはいっているし、魚形潜航艇《ぎょけいせんこうてい》は、いつのまにか機械《きかい》がこわれているし、いったいどうしたというのでしょうね。」

うしろから、首領のあとを追《お》いながら、ジャックが声をかけました。

「うん、どうも、みんな、明智小五郎《あけちこごろう》のしわざらしい。あいつが、どうかして、この洞窟《どうくつ》を見つけたのだ。そして、いろんなことを、たくらんだのにちがいない。それにしても、わけがわからないのは、賢吉《けんきち》のやつだ。あのおとなしい子どもが、いつのまに、あれほど、すばしっこくなったのか、じつにふしぎだ。」

岩穴の天井《てんじょう》が、グッとひくくなってきたので、首領は、背《せ》をかがめて歩きながら、うしろのジャックに話しかけます。すると、ジャックは、なにがおかしいのか、クスクス笑《わら》って、

「あんたは、まだ、そのわけが、わからないのですかい?」

と、みょうなことをいいました。首領はその声を聞くと、びっくりしたように立ちどまって、ジャックの声のするほうを、ふりむきました。

「なんだって？　それじゃ、おまえには、わかっているのか。」

「わかってますよ。あの子どもは賢吉《けんきち》じゃないのです。」

「え、賢吉じゃない。それじゃ、あれは何者《なにもの》だっ。そして、賢吉はどこへ行ったのだ。」

「賢吉は、沖《おき》のハヤブサ丸《まる》へ帰《かえ》りましたよ。」

「どうして帰ったのだ、まさか、泳《およ》いでいったわけじゃなかろう。」

「小船に乗《の》っていきました。」

「その小船はどこにあったのだ。そして、だれがこいだのだ。」

「明智小五郎《あけちこごろう》がこぎました。船は漁師《りょうし》からかりたのですよ。明智と賢吉は、親子《おやこ》の漁師のようなふうをして、われわれの目をくらましたのです。」

それを聞くと、首領《しゅりょう》は暗闇《くらやみ》の中で、グッとジャックの腕《うで》をつかみました。

「きさま、それを知っていて、なぜ、いままでだまっていたのだ。なぜ、おれに知らせなかったのだっ。」

「これには、わけがあるのです。あとで説明《せつめい》します。それより、ここはどうも、きゅうくつですね。もっと広いところへ出ましょう。」

「うん、すこしおくへ行けば、また広くなる。こっちへ来るがいい。」

首領はそういって、さきに立って、からだをまげながら前にすすみます。十メートルも行くと、広い洞窟《どうくつ》に出ました。

「さあ、ここなら、いいだろう。で、賢吉《けんきち》がハヤブサ丸《まる》へ逃《に》げたとすると、さっき、おれが追《お》っかけた子どもは、いったい何者《なにもの》だ？」

「明智小五郎《あけちこごろう》の少年助手《しょうねんじょしゅ》の小林《こばやし》です。」

「えっ、あれが小林だって？」

「そうですよ。賢吉では、とてもあんなに、すばしっこく働《はたら》けませんからね。つまり、こういうわけです。明智小五郎《あけちこごろう》は、小林とマネキンの首とワラたばを持って洞窟にしのびこんだのです。そして、ワラたばに賢吉の服《ふく》を着《き》せ、人形《にんぎょう》の首をすげて、牢屋《ろうや》のすみにすわらせておき、賢吉には漁師《りょうし》の子どもの着物《きもの》を着せて、ハヤブサ丸《まる》へつれて帰った。そのあとで、小林が洞窟の中を走りまわって、賢吉がふたりになったように見せかけたというわけです。」

「だが、待《ま》てよ。いったい明智は、どうして、牢屋《ろうや》の戸をひらいたんだ。こわれていないのをみると、かぎでひらいたとしか考えられないが。そのかぎはおまえのほかには持っていないはずだ。おまえ、まさか、明智にかぎをかしたわけじゃあるまいな。」

「そうですよ。かしたおぼえはありませんよ。」

「それじゃ、明智はどうして、牢屋の戸をひらいたんだ。」

「首領《しゅりょう》、謎《なぞ》ですよ。ちょっと、おもしろい謎ですすよ、とけませんかね。」

このバカにしたようなことばに、首領はおこりだしました。

「こらっ、ジャック、きさまは、おれをなぶる気か。なぞなぞあそびをやってる場合《ばあい》じゃないぞ。きさまは、なにかまだ、おれにかくしているな。」

ジャックは、へいきで、しゃべりつづけます。

「つまり、こういう謎ですよ。かぎは一つしかない。そのかぎは、このジャックが持っていた。ところが、牢屋《ろうや》の戸をひらいたのは明智小五郎《あけちこごろう》だった。この算数《さんすう》の答えは、どういうことになるのでしょうね。」

暗闇《くらやみ》の中で、首領はだまりこんでいました。ギョッとして、ことばも出ないのです。やがて、首領のふるえる声が聞こえてきました。

「それじゃあ、きさまは……。」

「ハハハ……、わかったようだね。その答えは、ジャックと明智とがおなじ人間だったというのさ。おなじ人間だから、かぎをかりなくてもよかったのさ。」

パッと洞窟《どうくつ》の中が、明るくなりました。ジャックが、懐中電灯《かいちゅうでんとう》をつけて、自分の顔《かお》をてらしたのです。そのまるい光の中に、ジャックではなくて、あのモジャモジャ頭の明智小五郎の顔が、にこにこ笑《わら》っていたではありませんか。

闇《やみ》の中でカツラをとり、つけまゆげをはがし、顔《かお》のけしょうをふきとって、もとの明智《あけち》にもどっていたのです。

「きさま、やっぱり、明智だったなっ。」

懐中電灯《かいちゅうでんとう》の光が、首領《しゅりょう》のほうへむけられました。黒覆面《くろふくめん》の怪人《かいじん》は、両手《りょうて》をひろげ、いまにも明智につかみかかろうとする、おそろしい姿《すがた》をしていました。

「やっとわかったね。きみにしては、ずいぶん気づくのがおそかったじゃないか。だが、まだ謎《なぞ》がのこっている。それじゃあ、ほんもののジャックはどこへ行ったのか。いつ、ジャックとぼくとが、いれかわったのか。きみはそれを知りたいだろう。

ぼくは、この洞窟《どうくつ》には、きっと、陸上《りくじょう》へのぬけ道があるとおもった。それで土地の漁師《りょうし》に変装《へんそう》して、海岸《かいがん》のがけの上をさがしていると、あの林の中のぬけ穴《あな》から、ジャックがはいだしてきた。

ぼくはジャックのあとをつけていって、ふいに、うしろからおそいかかって、しばりあげてしまった。そして、むこうの村の警察《けいさつ》へつれていったのだ。そのときから、警察とは、ちゃんと、うちあわせがしてあったのだよ。

ぼくは一度ハヤブサ丸《まる》に帰《かえ》って、十三人のはだかの勇士《ゆうし》を、海底《かいてい》の洞窟《どうくつ》の入り口から、しのびこませた。鉄《てつ》の人魚の中にはいっていたきみの部下《ぶか》をやっつけたのは、その勇士たちだ。

それから、ぼくはジャックに変装《へんそう》し、小林《こばやし》をつれて陸《りく》のほうから洞窟《どうくつ》にはいり、賢吉君《けんきちくん》をたすけだして船に乗《の》せ、ハヤブサ丸《まる》に、おくりとどけた。そしてまたここへ帰ってきた。ジャックの姿《すがた》がしばらく見えなかったのはそのためだよ。

ハハハハハハ、気のどくだが、鉄《てつ》の人魚怪物団《にんぎょかいぶつだん》もこれで全滅《ぜんめつ》だね。」

懐中電灯《かいちゅうでんとう》のまるい光は、さっきから、ずっと覆面《ふくめん》の首領《しゅりょう》をてらしていました。彼《かれ》は、まるで黒い石にでもなったように、身動《みうご》きもしないでだまりこんでいるのです。明智《あけち》は、なおことばをつづけました。

「きみは鉄の人魚《にんぎょ》を発明《はつめい》して、世間《せけん》をあっといわせようとした。うすい鉄のよろいの中に、酸素《さんそ》のボンベをとりつけて、中にはいった人間が、水の底《そこ》でも、へいきでいられるようにした。

そういうおそろしいやつが、海の中からヌーッとあらわれてきたので、それを見た人は、ほんとうの怪物《かいぶつ》だとおもった。新聞でもさわぎたてた。

きみはどうかして、大洋丸《たいようまる》の金塊《きんかい》の秘密《ひみつ》をかぎだして、船長《せんちょう》の遺言書《ゆいごんしょ》をぬすもうとしたが、失敗《しっぱい》した。そして、賢吉君のおとうさんの宮田《みやた》さんが、金塊引きあげをやることになり、ハヤブサ丸がこの沖《おき》へやってきた。

きみは、それを知ると根城《ねじろ》をかまえて、金塊《きんかい》を横《よこ》どりしようとした。そこで、海底《かいてい》のたたかいがはじまったのだ。それから、いろいろきみょうなことがおこった。ぼくたちは、この洞窟《どうくつ》の秘密《ひみつ》を知らなかったので、ひじょうにふしぎな気がした。

だが、とうとう、ぼくがこの洞窟を見つけた。そして、ジャックにばけて、ここへはいって、さぐってみると、きみのたくらみや、鉄《てつ》の人魚《にんぎょ》の秘密が、すっかりわかってしまった。

そして、ぼくが勝《か》ったというわけだよ。ところで、いよいよ、きみのその覆面《ふくめん》を、ぬいでもらおうか。覆面の下に、ほんとうのきみの顔《かお》が、あるかどうかわからないがね。」

そういったかとおもうと、明智《あけち》はリッと首領《しゅりょう》にとびかかって、黒ビロードの覆面を、引きちぎるようにはぎとってしまいました。

「二十面相《めんそう》だ！　やっぱりきみだったねえ。」

懐中電灯《かいちゅうでんとう》の光の中にあらわれたのは怪人《かいじん》二十面相《めんそう》、あるいは怪人四十面相の、見おぼえのある顔のひとつでした。それが、ほんとうの顔かどうかはわかりませんが、前の事件《じけん》のとき、一度見《ど》たことのある顔でした。

そういわれて二十面相は、いちじはギョッとしたようですが、すぐ気をとりなおして、ふてぶてしく笑《わら》いました。

「ウフフフ……、明智先生《あけちせんせい》、しばらくだったなあ。で、きみはこれから、どうするつもりだね。」

「きまっているじゃないか。きみを警察《けいさつ》にひきわたすのさ。」

「ウフフ……、いい気なもんだねえ。おれが、おとなしく、きみにつかまるとでもおもっているのかい。」

「こうするのさ！」

明智《あけち》がパッと二十面相《めんそう》にくみつこうとすると、あいてはスルリとその手の下をくぐって、いきなり洞窟《どうくつ》のおくのほうへ逃《に》げだしました。

おばけガニの最期《さいご》

明智は、懐中電灯《かいちゅうでんとう》をふりてらして、そのあとを追《お》いました。が、二十面相の足はひじょうに速《はや》く、むこうの岩かどをまがって、見えなくなってしまいました。

明智が、その岩かどまで走っていきますと、岩穴《いわあな》がふたつに分かれていました。二十面相は、どちらへ逃げたのかわかりません。明智がそこで、ちょっとためらっていたので、ふたりのあいだは、ますますへだたってしまいました。

しかたがないので、一方の岩穴を、懐中電灯でてらしながらすすんでいきましたが、二十メートルもいくと、そこがいきどまりになっていました。

おおいそぎでひきかえし、もとの分かれ道にもどりました。そして、もうひとつの岩穴《いわあな》へはいっていきました。しばらくすすみますと、むこうのほうに、なにかもやもやと、うごめいているものがあります。

ひどく大きな、気味《きみ》のわるいものでした。明智《あけち》は電灯《でんとう》の光を、そのほうにさしつけました。すると、もやもやしたものの姿《すがた》が、はっきり見えてきました。

それは、人間の二倍《ばい》もある、巨大《きょだい》なカニだったのです。それが、とびだした二つの目で、こちらをにらみつけ、大きなはさみをふりたて、ぶきみな八本の足で、ガサガサとむこうのほうへはっていくのです。

おばけガニです。明智は、自分の目では見ていないのですが、いつか、ハヤブサ丸《まる》の金塊《きんかい》引きあげのロープを切ってしまった、あのおばけガニです。

ほんとうに、そんな大きなカニが、いるわけはありません。鉄板《てっぱん》でつくったカニです。そして、その中に二十面相《めんそう》がかくれているのでしょう。

明智が、そのほうへ近づくと、おばけガニはサッと逃《に》げだし、こちらが立ちどまると、カニもとまって、とびだした目玉をクルクルまわし、巨大なはさみをふりたてて、「ここまでおいで」というようなかっこうをします。

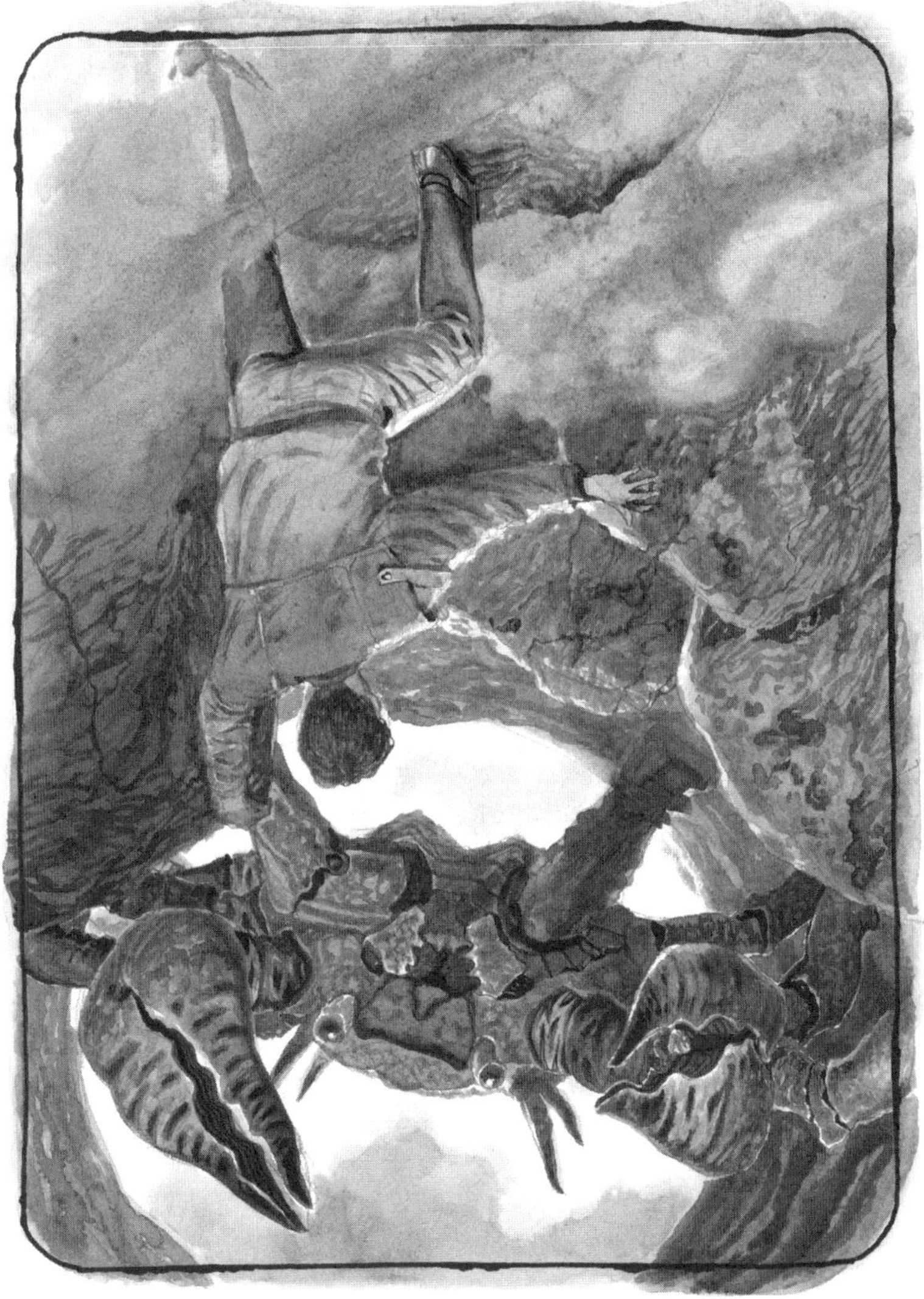

おばけガニは、八本の足で横《よこ》ばいをするのですから、とても逃《に》げ足《あし》が速《はや》くて、さすがの明智《あけち》にもなかなかつかまりません。

ほら穴《あな》はのぼり坂になり、だんだんそれがきゅうになってきました。明智は、大ガニをどこまでも追《お》ってきます。

こちらがパッととびつくと、カニのほうはガサッと逃げる。その速いこと、どうしてもつかまりません。

ふと気がつくと、むこうのほうがボーッと明るくなってきました。おやっ、へんだなとおもってよく見ますと、このほら穴には出口があって、そこから、外の光がさしこんでいるのでした。ずいぶん、坂道《さかみち》をのぼったのですから、その出口はよほど高いところにひらいているものでしょう。

おばけガニは、おそろしい速さで、その出口にむかってつきすすんでいきました。そこは、ちょうどトンネルの出口のように、まるい穴がひらいていて、まぶしいほどの明るさです。

巨大《きょだい》なカニのみにくい姿《すがた》が、その出口にまっ黒な影《かげ》になって、立ちふさがったかとおもうと、穴の外へサッと消《き》えてしまいました。

明智はおどろいてその穴にかけより、外をのぞいたのですが、ひと目見るとクラクラッと目まいがして、おもわず首をひっこめました。

その出口は、高い高い断崖《だんがい》の上にひらいていたのです。きりたったような岩が、はるか下のほうまでつづいて、そこにあわだつ海がありました。海面《かいめん》から何十メートルという高さです。

そっと、首を出してみますと、おばけガニは、そのまっすぐの岩はだに八本の足でつかまって、下へ下へおりていきます。ほんとうのカニではありませんから、そんなにうまく、岩がつかめるものではありません。いまにも、すべり落《お》ちそうで、見ているだけでも、おしりのへんが、くすぐったくなるようです。

「あっ！」

明智《あけち》は、おもわず声をたてました。おばけガニが、ズルズルとすべったのです。一度《ど》すべりだせば、とてもとまるものではありません。八本の足が岩はだからはなれてしまって、大ガニはサーッと下へ落ちていきました。そしてみるみる、形《かたち》が小さくなり、あわだつ海の中へ消《き》えてしまいました。

海に落ちても、大ガニの中の二十面相《めんそう》は、死ぬようなことはなかったでしょう。いつかもあの大ガニは、海の底《そこ》をへいきで歩いていたのです。きっと、カニの中にも、酸素《さんそ》のボンベがついていて、二十面相はそれで息《いき》をして、海の底を、はいまわることができるのでしょう。

彼《かれ》は、そうして、どこかへ逃《に》げてしまうのではないでしょうか。

しかし、用心深《ようじんぶか》い明智探偵《あけちたんてい》は、こういう場合《ばあい》も、ちゃんと考えにいれていました。

さっき、入り口の岩を動《うご》かしてこの岩穴《いわあな》にはいったとき、おおいそぎで手帳《てちょう》の紙をやぶって、えんぴつでなにか書いて、それを岩のすきまから、外へ落《お》としておいたのです。

そして、そこに書いてあるさしずにしたがって、八人のはだかの勇士は、水中めがねと、ボンベと、水かきをつけて、海底《かいてい》の洞窟《どうくつ》の外へ泳《およ》ぎだし、そこに待っていた五人の勇士といっしょになって、敵《てき》が海底に、姿《すがた》をあらわすのを待ちかまえていることでしょう。

首領《しゅりょう》を追《お》っかけてきた八人の勇士《ゆうし》や、小林少年《こばやししょうねん》が、それを見つけたにちがいありません。

それは、明智が考えたとおりにはこびました。十三人のはだかの勇士は、洞窟の入り口あたりを、かっぱつに泳ぎまわっていたのです。

そこへ、海の上のほうから、大きなものが、はげしいいきおいで落ちてきて、スーッと海底に沈《しず》んできました。見おぼえのある、おばけガニです。

十三人の勇士は、それを見ると八方から泳ぎよって、おばけガニにくみついていきました。

うす暗《ぐら》い海底の、大格闘《だいかくとう》です。大ガニは巨大《きょだい》なはさみをふりたて、八本の足を、めちゃくちゃに動かして勇士たちをふりほどこうとしましたが、一ぴきと十三人では、いくらおばけガニでも、かなうはずがありません。長い時間の、おそろしいたたかいののち、おばけガニは、とうとうグッタリとなってしまいました。

十三びきのアリがコオロギの死骸《しがい》をはこぶようなぐあいに、勇士《ゆうし》たちはてんでに、おばけガニの足をひっぱって、海面《かいめん》に浮《う》きあがってきました。

すると、そこに、味方《みかた》の潜航艇《せんこうてい》が、ハッチのふたをひらいて待ちかまえていたのです。十三人の勇士は潜航艇にのぼりつき、おばけガニをかついで、ハッチの中へ落《お》としこみました。

それから一時間ほどのち、ハヤブサ丸《まる》の甲板《かんぱん》には、明智探偵《あけちたんてい》と小林少年《こばやししょうねん》と十三人の勇士が、もどっていました。そして、甲板の床《ゆか》には、おばけガニのからがなげだされ、そのそばに、怪人《かいじん》二十面相《めんそう》が、息《いき》もたえだえに横《よこ》たわっていました。

そこには宮田《みやた》さんや賢吉少年《けんきちしょうねん》の顔《かお》も見えました。それをとりまくおおぜいの船員《せんいん》は、両《りょう》手《て》を高くあげて、ばんざいをさけんでいました。

そののち、大洋丸《たいようまる》の金塊《きんかい》が、のこらず、宮田さんの手にはいったことは、いうまでもありません。

解説

沈没船《ちんぼつせん》の金塊《きんかい》を探せ！

山《やま》前《まえ》 譲《ゆずる》
（推理小説研究家）

その怪物《かいぶつ》はまるで鉄の人魚でした。からだは、まっ黒で、四角ばってがんじょうそうです。背中には剣《けん》をならべたようなトサカがありました。しっぽも、ワニのようにかたくいかめしいものです。黒い鉄の頭は人間の倍ほどもあり、トサカが頭の上までつづいています。ほら穴《あな》みたいにくぼんだ、大きなふたつの目は、青く光っていました。口は耳までさけ、くちびるのあいだからは、にゅっと牙《きば》がつきだしているのです。はたしてこれまで知られていなかった海の生物なのでしょうか。それとも……。

われらが小林少年《こばやししょうねん》と明智探偵《あけちたんてい》が『海底《かいてい》の魔術師《まじゅつし》』で対決するのは、こんな奇妙《きみょう》で恐《おそ》ろしい怪物です。そして、海底の沈没船《ちんぼつせん》にのこされていた金塊《きんかい》をめぐって、いつもながらの謎《なぞ》と冒険《ぼうけん》がたっぷりの物語がくりひろげられています。

江戸川乱歩《えどがわらんぽ》が少年探偵団《しょうねんたんていだん》のシリーズを書きだしたのは昭和十一（一九三六）年、いまからもう六十年以上も前のことです。途中《とちゅう》、間のあいたこともありましたが、シリーズは長年にわたって書きつづけられ、最後の作品が書かれたのは昭和三十七年でした。この『海《かい》底《てい》の魔術師《まじゅつし》』が月刊誌《げっかんし》「少年《しょうねん》」に一年間にわたって連載《れんさい》されたのは昭和三十年です。それからもう四十年以上たっていますから、小説の世界は不変でも、わたしたちの生活はずいぶん変わってしまいました。たとえば、『海底の魔術師』での沈没船調査《ちんぼつせんちょうさ》は、いまならもっと違《ちが》った方法があるでしょう。

金塊をつんだ大洋丸が沈んでいたという和歌山県潮岬

ですが、小林少年《こばやししょうねん》を団長とする少年探偵団《しょうねんたんていだん》が忘《わす》れさられることはありませんでした。長いあいだ、たくさんの読者を楽しませてきたのです。もちろんそれは、颯爽《さっそう》とした少年探偵団の活躍のせいですが、同時に、推理小説《すいりしょうせつ》という小説のジャンルがもつ魅力《みりょく》があってのことでしょう。それは簡単《かんたん》にまとめれば、謎《なぞ》めいたことや未知なるものへの興味です。好奇心《こうきしん》といってもいいでしょう。

人間がほかの動物と違うところはたくさんありますが、現在の人間社会を築《きず》きあげるまでの過程でとくにたいせつだったのは、不思議《ふしぎ》な出来事や不可能なことへの強い関心と、それを解《と》き明《あ》かし、あるいは成《な》し遂《と》げようとする努力です。

火を恐《おそ》れなかったのが人間です。いろいろな食べ物をためしてみたのが人間です。なんとか海を渡《わた》れないだろうかと考えたのが人間です。空を飛ぶことができないだろうかと鳥にあこがれたのが人間です。これがさまざまな発明や発見を生み出してきました。

リンゴはなぜ地面に落ちるのだろうか。カミナリの正体はいったいなんだろう。そうした疑問《ぎもん》がさまざまな理論《りろん》をつくってきました。海の向こうにはなにがあるのだろう。山の向こうには誰《だれ》かが住んでいるのだろうか。未知の世界へのはてない興味によって人間は、地球のすみずみまで足を踏《ふ》み入《い》れ、ついには宇宙へと飛び出していったのです。

推理小説《すいりしょうせつ》もこうした人間心理があって成立する小説です。人が出入りできない密室《みっしつ》での殺人《さつじん》。みんなが見ている前での殺人。まるで幽霊《ゆうれい》がやったとしか思えないような不可能犯罪《ふかのうはんざい》が、最後にはきちんと合理的に解《と》かれていく。謎《なぞ》めいたものへの興味と、その謎が知恵《ちえ》によってみごとに解かれる快感とが推理小説にはあります。

いま『金田一少年の事件簿《きんだいいちしょうねんのじけんぼ》』や『名探偵《めいたんてい》コナン』といった推理漫画《すいりまんが》が大ヒットしているように、謎解きへの関心は年代に関係ありません。かえって、年少者のほうが、秘密《ひみつ》めいたもの、不思議《ふしぎ》なものへの興味が高いはずです。大人なら無視してしまうようなささいなことさえ、気になってしまうのが子どものころです。赤ちゃんなら、見るもの聞くものすべてが不思議《ふしぎ》に違《ちが》いありません。その子どもらしい謎《なぞ》への興味をいっそうかりたて、たくみに推理小説の世界へいざなってきたのが江戸川乱歩《えどがわらんぽ》の少年探偵団《しょうねんたんていだん》シリーズでした。

そして冒険心《ぼうけんしん》です。不思議な出来事を怖《こわ》がってばかりでは、いつまでたっても解決されません。未知の世界へ大胆《だいたん》に飛び込んでいく勇気。結末はどうなるか分からないけれど、なんとか解き明かそうとする積極的《せっきょくてき》な意志。それが少年探偵団《しょうねんたんていだん》の行動を支えていたのです。それは危険《きけん》と隣《とな》りあわせかもしれません。しかし、邪悪《じゃあく》なたくらみを見逃《みのが》すわけにはいかないのです。勇気をもって対決する小林少年《こばやししょうねん》たちでした。

『海底《かいてい》の魔術師《まじゅつし》』で小林少年は、沈没船《ちんぼつせん》から金塊《きんかい》を回収する作業に同行しています。海の底で待っていたのは、あの鉄の人魚、そして奇妙《きみょう》な潜航艇《せんこうてい》ともっと恐《おそ》ろしい怪物《かいぶつ》でした。いったい誰《だれ》が金塊をねらっているのでしょうか（もちろんすでにお分かりでしょうが）。小林少年は、かけつけた明智探偵《あけちたんてい》とともに、知恵と勇気で怪物たちに立ち向かっていくのです。

編集方針について

現代の読者に親しんでいただけるよう、次のような方針で編集いたしました。

一　第二次世界大戦前の作品については、旧仮名づかいを現代仮名づかいに改めました。

二　漢字の中で、少年少女の読者にむずかしいと思われるものは、ひらがなに改めました。

三　少年少女の読者には理解しにくい事柄や単語については、各ページの欄外に注（説明文）をつけました。

四　原作を重んじて編集しましたが、身体障害や職業にかかわる不適切な表現については、一部表現を変えたり、けずったりしたところがあります。

五　『少年探偵・江戸川乱歩全集』（ポプラ社刊）をもとに、作品が掲載された雑誌の文章とも照らし合わせて、できるだけ発表当時の作品が理解できるように心がけました。

以上の事柄は、著作権継承者である平井隆太郎氏のご了承を得ました。

ポプラ社編集部

本書は1998年12月ポプラ社から刊行
された作品を文庫版にしたものです。

文庫版 少年探偵・江戸川乱歩　第12巻

海底《かいてい》の魔術師《まじゅつし》
発行　2005年２月　第１刷
　　　2021年10月　第14刷
作家　江戸川乱歩《えどがわらんぽ》
装丁　藤田新策《ふじたしんさく》
画家　佐藤道明《さとうみちあき》
発行者　千葉 均
発行所　株式会社ポプラ社
東京都千代田区麹町4-2-6　8・9F　〒102-8519
ホームページ　www.poplar.co.jp
印刷・製本　図書印刷株式会社

*N.D.C.*913　174p　18cm　ISBN978-4-591-08423-6

P8005012

文庫版　少年探偵・江戸川乱歩　全26巻

怪人二十面相と名探偵明智小五郎、少年探偵団との息づまる推理対決！

1 怪人二十面相
2 少年探偵団
3 妖怪博士
4 大金塊
5 青銅の魔人
6 地底の魔術王
7 透明怪人
8 怪奇四十面相
9 宇宙怪人
10 鉄塔王国の恐怖
11 灰色の巨人
12 海底の魔術師
13 黄金豹
14 魔法博士
15 サーカスの怪人
16 魔人ゴング
17 魔法人形
18 奇面城の秘密
19 夜光人間
20 塔上の奇術師
21 鉄人Q
22 仮面の恐怖王
23 電人M
24 二十面相の呪い
25 空飛ぶ二十面相
26 黄金の怪獣